KB179376

유마는
코끼리도
물구나무
서게한다

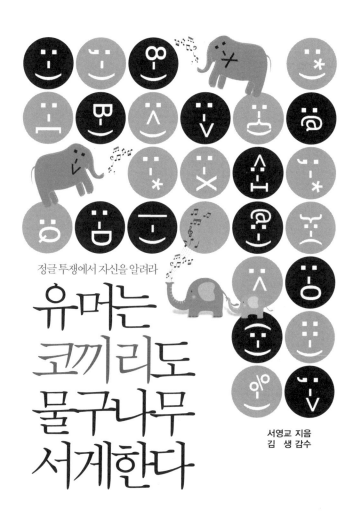

정글 투쟁에서 자신을 알려라

유머는
코끼리도
물구나무
서계한다

서영교 지음
김 생 감수

징검다리

흔희들 웃음은 만병의 치료제라고 한다. 각박한 현실을 살다 보면 웃음을 잃고 살기 쉽다.

필자는 우리나라 사람들이 선진국 사람들에 비해 부족한 것이 유머감각이라는 친구의 말에 공감한다. 어렵게 생각할 것 없이 우리의 하루를 돌아보자. 과연 나는 오늘 하루를 얼마나 즐겁게 살았는가? 우리들 중 대다수는 피곤한 대인관계와 딱딱하고 사무적인 대화 속에서 하루를 보내고 있는 건 아닐까?

이 글은 필자가 평소 주위 사람들에게 들려준 유머러스한 얘기들을 그때그때 모아놓은 글이다.

필자가 이 글을 책자화하게 된 동기는 그러한 얘기를 듣고 난 지인들의 권유 때문이다.

글을 읽어보시면 알겠지만, 필자는 학식이 풍부하거나 인생 경륜이 풍부한 사람은 결코 아니다. 다만 일상의 삶에 지친 독자들께서 이 글을 읽고 한때나마 삶의 위안을 얻고 웃음을 찾을 수 있다면 필자로서는 더없는 기쁨이 될 것이다.

〈감수자의 변〉

유머를 제대로 구사하기 위해서는 일정 이상의 지적 수준과 더불어 반드시 마음의 여유가 따라야 한다. 훌륭한 유머는 그것을 구사하는 본인도 즐거운 동시에 남도 함께 즐겁게 한다.

때문에 유머는 상대방에 대한 공격적인 색채나 가시 돋친 독설의 냄새가 풍기는 위트와는 구별된다.

저자인 서영교 님은 감수자인 본인과는 10년이 넘게 교우관계를 맺어온 지인 중의 지인이다. 때문에 본인은 누구보다도 서영교 님의 평소 인품이나 생활 태도를 잘 이해하고 있다고 해도 과언이 아니다.

본인의 눈에 비친 서영교 님의 일상은 생활 그 자체가 유머로 가득 차 있다. 왜냐하면 그의 삶 속에서는 언제나 여유가 있기 때문이다. 그리고 그는 언제나 어려운 이웃을 도와주고, 타인을 위해 배려할 줄 아는 인간의 근본이 몸에 배어있다.

아마도 예리한 독자라면, 이 글 속에 수록된 몇 편의 수필을 통해서도 충분히 그러한 사실을 확인할 수 있으리라고 생각한다.

그러한 인간의 근본과 일상의 여유에서 나오는 유머는 분명 아무데서나 흔히 접할 수 있는 유머와는 그 격이 다를 것이다.

chapter 01

★

끝내주는 선녀들

기계는 거짓말을 몰라

우리 마을 오피스텔에는 늘 이상한 소문을 달고 다니는 언니와 순진무구한 동생이 같이 살고 있었다.

어느 날 두 자매가 일본 여행을 갔다.

두 자매가 유명 백화점 진열대에 가보니, 거기에는 올라서기만 하면 처녀냐 아니냐를 정확하게 가려주는 기계가 있었다.

동생이 언니에게 말했다.

"언니, 일본에는 참 신기한 기계도 다 있네. 우리, 저기 한 번 올라가보자. 재밌겠어."

언니가 말했다.

"그럼 너 먼저 올라가봐."

동생이 먼저 기계에 올라갔다.

그러자 기계가 말을 했다.

"당신은 처녀입니다."

기계에서 내려온 동생이 언니에게 말했다.

"이젠 언니 차례야."

언니는 머뭇거리다가 기계에 올라섰다.

기계는 이렇게 말했다.

"당신은 처녀가 아닙니다."

순간 언니의 얼굴은 홍당무가 되었다.

며칠 뒤 여행을 마치고 우리나라로 돌아온 언니는 동생 몰래 병원에 가서 처녀막 재생수술을 받았다.

얼마 후 두 자매는 또다시 일본 여행을 가게 됐다.

두 자매는 일전에 간 백화점으로 갔다.

언니는 기계를 보고 말했다.

"저 기계가 지난번에는 고장이 난 것이었을 거야. 오늘 다시 한 번 올라가보자. 어떠니?"

"좋아."

이번에도 동생이 먼저 기계 위로 올라갔다.

기계가 말했다.

"당신은 처녀입니다."

동생은 기계에서 내려오며 언니에게 말했다.

"이제 언니 차례야."

"알았어."

언니는 자신만만한 태도로 기계 위로 올라갔다.

그러자 기계는 이렇게 말했다.

"걸레는 꿰매도 여전히 걸레입니다."

옆집 샘물이 맛있다구요!

어느 부부가 침대 위에서 밀담을 나누고 있었다.

"서방님께선 요즘 웬일로 우물가에 얼씬도 않으신지요?"

"임자 우물이 너무 깊어 그렇소이다."

"어머, 그게 어찌 소첩 우물 탓인가요? 서방님 두레박 끈이 짧은 탓이지."

"우물이 깊기만 한 것이 아니라, 물도 메말랐더이다."

"그거야 서방님 두레박질이 시원찮아 그렇지요."

"그게 뭔 섭섭한 소리요? 이웃 샘에선 물만 펑펑 솟더이다. 이 두레박질에..........?"

"그렇담 서방님께선 옆집 샘물을 이용했단 말잉교?"

"어쩔 수 없잖소? 임자 샘물이 메마르다 보니, 한 번 이웃 샘을 이용했소이다."

"그런데 서방님. 참으로 이상한 일이옵니다."

"뭐가 이상하단 말이오?"

"이웃 서방네들은 이 샘물이 달고 시원하다고 감탄을 하며 벌써 몇 달째 애용 중이니 말이에요."

새참

이 S.Y.K.의 고향 경남 밀양시 산내면 임고 마을에 충청도에서 갓 시집온 새댁이 있었다.

한데 어저께 그 새댁은 참깨밭을 매다가 그만 사고가 터져 송백 지서를 찾아가 강간을 당했다고 울먹이며 말했다.

순경은 고발인이 충청도 사람이므로 충청도 버전으로 자초지종을 물었다.

"원제, 워디서, 워떤 늠에게, 워떠케 당해뿌시유?"

새댁은 이렇게 말했다.

"긍께, 그거이...........깨밭에서 한창 김을 매고 있는디, 갑자기 원 늠이 뒤에서 지를 덮쳐버리지 않겄시유? 지를 폭삭 엎어 놓고 딜이미는디, 고마 꼼짝도 못하고 당해뿌리시유."

순경은 이렇게 말했다.

"얼레? 고놈 참 날쌔게도 해치웠나 비네. 아니, 혀가 있는디, 워째 소리도 못 질렀시유?"

그러자 여인이 말했다.

"소리를 워째 지른디유? 순식간에 숨이 컥컥 막히면서, 거다가 힘이 워찌나 좋았뿐지유..........아유.........."

순경이 말했다.

"워미, 미쳐불겄네유. 그라마 끝난 다음에라도 그눔이 도망갔
뿌기 전에 소리를 지르지 그러쥬?"

여인은 이렇게 말했다.

"글씨, 그거이...........워찌나 빨리 쑤셨뿌는지, 발동기보담
더 빠르더랑게유. 덩신이 항 개도 없었시유. 낭중에 보았뿌니
까, 벌써 가고 없었뿌시유."

순경이 말했다.

"워미, 환장하겄시유. 허믄 얼굴은 봤시유?"

여인이 말했다.

"못 봤시유."

순경이 물었다.

"워찌 얼굴도 못 봤당가유? 고거이 시방 말이나 돼유?"

여인은 말했다.

"아, 글씨, 고거이 뒤에서 당했뿟당게유."

순경이 말했다.

"암만 그려도 그렇지유. 돌아서 보았뿌면 될 거 아니겄시유?"

그러자 여인은 이렇게 말했다.

"돌아서 보았뿌면 빠지잖아유?"

순경이 말했다.

"그눔 벌써 재 너머 단장면쯤 갔뿟을 거구만유. 그랑께 새참
먹은 셈치고 고마 돌아가셔유. 나, 원, 젠장."

그러자 여인은 이렇게 말했다.

"안 돼유. 새참을 워찌 오늘만 먹는디유? 고로쿠럼 맛있는 새참은 흔하디 않디유. 후딱 찾아주셔야 혀유. 지가 언제 잡아달라 했시유? 찾아달라 했지."

그 말에 순경은 휘떡 뒤로 넘어지고 말았다.

"예? 머시라당가유? 찾아달라구유?"

진찰

한 예쁜 아가씨가 광혜병원에 진찰을 받으러 갔다.

잘생긴 총각 의사가 아가씨의 가슴을 만지며 말했다.

"내가 지금 뭘 하는지 알겠어요?"

아가씨는 이렇게 답했다.

"네, 선생님. 유방암 검사를 하는 게 아닙니까?"

의사가 이번에는 아가씨의 배를 만지며 물었다.

"내가 뭘 하는지 아시겠습니까?"

"그럼요. 선생님은 지금 맹장을 검사하는 게 아닙니까?"

그러자 총각 의사는 그만 자제력을 잃고 엉큼한 짓을 하기 시작했다.

의사는 아가씨의 거시기를 만지작거리면서 물었다.

"당신은 지금 내가 뭘 하는지 아시겠습니까?"

아가씨는 태연하게 말했다.

"네, 알아요. 선생님은 지금 성병검사를 하고 있잖아요? 그리고 저는 바로 그 성병 때문에 이 병원에 왔고요."

그 말에 의사는 뒤로 벌렁 넘어지고 말았다.

욕심이 지나치면

　어느 날 우리 마을에 자신이 원하는 이상형의 남자를 선택하여 살 수 있는 가게 하나가 들어섰다.

　가게는 5층이었는데, 일단 어떤 층의 문을 열고 들어가게 되면 더 이상은 올라가지 못하고 그곳에서 자신의 이상형인 남자를 선택해야만 했으며, 또한 이미 거쳐 왔던 층으로 되돌아갈 수도 없었다.

　어느 날 두 명의 여자가 이 가게를 찾아왔다.

　두 여자가 1층에 가보니, 문 위에 다음과 같이 적힌 안내문 하나가 걸려있었다.

　"이곳에는 직업이 있고 아이들을 좋아하는 남자들이 진열되어 있습니다."

　그것을 본 두 여자는 2층으로 올라갔다.

　2층에는 이런 안내문이 적혀있었다.

　"이곳에는 돈을 잘 벌고 아이들을 좋아하며 잘생긴 남자들이 진열되어 있습니다."

　두 여자는 흡족한 마음이 들었지만, 위층에는 더 좋은 남자들이 있으리라 생각하고, 3층으로 올라갔다.

3층에는 이런 안내문이 적혀있었다.

"이곳에는 돈을 잘 벌고 아이들을 좋아하며 생긴 것도 잘 생겼으며 밤에 거사도 잘 치러주며 집안일을 잘 도와주는 남자들이 진열되어 있습니다."

그것을 본 두 여자는 환호성을 질렀다.

"우와, 세상에 이런 남자도 다 있나?"

하지만 두 여자는 위층에는 더 멋있는 남자들이 있을 것 같은 생각이 들어, 4층으로 올라갔다.

4층에는 이런 안내문이 적혀있었다.

"이곳에는 돈을 아주 잘 벌며 아이들을 좋아하며 생긴 것도 잘 생겼으며 밤의 거사는 말할 것도 없고 외국 여행도 자주 가며 문화생활을 즐기는 아주 로맨틱한 남자들이 진열되어 있습니다."

그것을 본 두 여자는 4층이 이런 정도라면 위층에 있는 남자들은 상상조차 할 수 없는 멋진 남자일 것이라고 생각하고 거침없이 5층으로 올라갔다.

한데 5층에는 이런 안내문이 적혀있었다.

"이곳은 텅 비어있습니다. 죄송하지만 귀하께서는 다시는 아래층으로 내려갈 수 없습니다. 출구는 왼편에 있으니, 계단을 따라 내려가셔서 광혜병원에 가보시기 바랍니다."

너, 꼬리칠래?

우리 마을 모 주류 도매상 사장 부인은 여비서가 임신했다는 얘기를 듣고는 크게 화가 났다.

가게에서 여비서를 만난 부인은 여비서를 몰아세웠다.

"너, 말이야. 이 가게 사장이 누구야?"

여비서는 당당하게 말했다.

"누구긴요. 사모님 남편이죠."

"흥, 알긴 아는구먼. 너, 말이야, 앞으로 사장님 앞에서 꼬리 치지 마. 알았어?"

"예? 저는 사장님 앞에서 꼬리치는 일은 없어요."

"뭐야? 사장님 앞에서 꼬리치는 일은 없다? 내가 다 알고 왔는데, 그딴 소리를 해?"

"물론 제가 꼬리를 친 건 인정해요."

"그런데?"

"저는 꼬리를 쳐도 사장님 앞에서 치는 게 아니라, 뒤에서 치걸랑요."

"어럽쇼? 요년 말하는 것 좀 보게. 꼭 저번 비서 같잖아?"

"예? 저번 비서 같다고요?"

"그래."

"그럼 그 저번 비서가 누군데요?"

"누군 누구야? 바로 나지."

가난은 결코 불명예나 치욕으로 여길 것이 아니다.
문제는 그 가난의 원인이다.
나태, 아집, 어리석음 이 세 가지 중 하나가 가난의 결과라면
그 가난은 진실로 수치로 여겨야 할 것이다.
- 「플루타르크 영웅전」

면접시험

　얼마 전 우리 마을 모 회사에서는 여비서를 모집한다는 공고
가 났다.

　사장이 첫 번째 후보자에게 질문을 했다.

　"남자와 달리, 여자에게는 입이 두 개 달렸다. 그 두 입의 차
이점을 설명해보라."

　첫 번째 후보자는 이렇게 답했다.

　"예, 사장님. 여자의 입은 하나는 위에 붙어있고, 하나는 아래
붙어있습니다."

　사장은 즉석에서 판정을 내렸다.

　"땡, 불합격."

　사장은 두 번째 후보자에게도 똑같은 질문을 했다.

　두 번째 후보자는 이렇게 답했다.

　"예, 여자의 상구(上口)에는 털이 없는데 반해, 하구(下口)에
는 털이 나있습니다."

　사장은 즉석에서 판정을 내렸다.

　"땡, 불합격."

사장은 세 번째 후보자에게도 똑같은 질문을 했다.

세 번째 후보자는 이렇게 답했다.

"예, 상구는 키스할 때 사용하는 것이옵고, 하구는 남자의 거시기를 받아들일 때 사용하는 것이옵니다."

사장은 거침없이 판정을 내렸다.

"땡, 불합격."

사장은 네 번째 후보자에게도 똑같은 질문을 했다.

네 번째 후보자는 이렇게 말했다.

"예, 상구는 제 것이오나, 하구는 사장님 것이옵니다."

사장은 두말할 필요도 없다는 듯 재빨리 판정을 내렸다.

"합격."

어둠을 저주하지 말고 하나의 촛불을 밝히는 편이 낫다.
-엘레노어 루즈벨트

마른 장작의 위력

우리 마을 어느 올드미스 선녀가 마른 장작이 화력이 더 좋다는 친구들의 말을 믿고 비썩 마른 갈비씨와 결혼을 했다.

두 부부는 모스크바로 신혼여행을 갔다.

첫날밤 행사를 치른 선녀는 친구에게 속았음을 알았다.

화가 잔뜩 난 선녀는 신랑을 따라 식당으로 내려갔다.

한데 식당 종업원은 영어를 전혀 할 줄 몰랐다.

선녀와 신랑이 난감해하고 있을 때, 옆자리에 있던 미국인 하나가 주방 앞으로 성큼성큼 걸어가더니, 갑자기 바지와 팬티를 홀라당 벗는 게 아닌가?

잠시 후 그 미국인 사내 앞으로 커다란 소시지 하나와 거위 알 두 개가 나오는 것이었다.

그것을 본 갈비씨 신랑이 자기도 주방 앞으로 걸어가더니, 바지와 팬티를 홀렁 벗는 것이었다.

잠시 후 신혼부부 앞에는 조그만 번데기 하나와 메추리 알 두 개가 나왔다.

이걸 본 선녀는 갈비씨 신랑을 잔뜩 째려보더니, 주방 앞으로

터벅터벅 걸어갔다.

그리고는 윗도리를 훌러덩 벗어던졌다.

잠시 후 두 부부 앞으로는 치즈가 듬뿍 담긴 커다란 피자 두 판이 나오는 것이었다.

선녀는 고개를 푹 숙이고 있는 신랑을 향해 이렇게 말했다.

"야, 이 짜샤, 최소한 이 정도는 돼야할 것 아냐? 뭐? 마른 장작이 어쩌고 어째?"

가지고 싶은 것은 사지 마라. 꼭 필요한 것만 사라.
작은 지출을 삼가라. 작은 구멍이 거대한 배를 침몰시킨다.
-벤저민 프랭클린

장군 멍군

이 S.Y.K.의 고향 밀양시 산내면에는 유머가 풍부한 농부 하나가 살고 있었다.

성품이 워낙 활달하고 낙천적이라 곧잘 다른 사람들에게 농을 해서 골탕을 먹이긴 했지만, 아무도 그가 악의적으로 그러는 것이 아님을 알고 있었기 때문에, 사람들은 그에게 속기는 하면서도 항상 즐거워했다.

농부는 본인이 그러했기 때문에 자기 집에 들어오는 며느리도 자기처럼 명랑하고 유머감각이 풍부한 며느리였으면 좋겠다고 생각하고 있었다.

다행히 새로 들어온 며느리는 키는 좀 작았지만 성격은 더없이 명랑쾌활한 여자였다.

하루는 시아버지가 밭일을 나가는 며느리를 바라보며 안타깝다는 듯 혀를 끌끌 찼다.

"다 좋은데, 코만 좀 낮았으면..........쯧쯧."

그 말을 들은 며느리가 시아버지에게 말했다.

"아버님 말씀이 옳습니다. 저도 항상 그게 마음에 걸렸어요."

그러자 시아버지가 며느리에게 말했다.

"아가야, 내게 좋은 처방이 하나 있는데, 그대로 한 번 해보겠느냐?"

"어려운 것입니까?"

"아니야. 아주 간단해."

"어머, 그래요?"

"지금이 겨울이니까, 대야에다 물을 떠놓고 한밤중에 우물가에 가서 두 시간만 코를 담그고 나면 감쪽같이 코가 줄어들어 얼굴이 예쁘게 변할 거야."

며느리는 그 말을 듣고, 그날 밤 당장 대야에 물을 가득 떠다 놓고 코를 박고 있었다.

다음 날 며느리는 아침에 눈을 뜨고서야 시아버지에게 속은 것을 알았다.

왜냐하면 코가 줄어들기는커녕 도리어 코끝이 동상만 걸린 때문이었다.

며느리는 시아버지에게 따졌다.

"아버님, 며느리인 제게 어떻게 그러실 수 있습니까?"

며느리가 눈물까지 글썽이며 이렇게 말하자, 시아버지는 싱글벙글 웃으며 말했다.

"아, 그렇구나. 내가 미처 그 생각을 못 했구나. 미안하다, 아가야. 코는 아닌가 보구나. 사실은 내가 어느 해 한겨울에 바지를 벗고 강을 건넜는데, 원래는 소시지만 했던 내 거시기가 차가운 강물을 다 건너고 보니, 번데기만 해졌기에, 코도 그렇게 되는 줄 알았지 뭐냐?"

며느리는 할 말을 잃었다.

그로부터 일 년이 지났다.

며느리는 이제나저제나 하고 시아버지에게 복수할 기회만을
노리고 있었다.

어느 날 며느리는 작심을 하고 시아버지에게 말을 했다.

"아버님."

"왜?"

"아버님은 다른 것은 다 좋으신데, 수염이 너무 빈약해서 그
게 좀 아쉽습니다."

며느리의 말은 사실이었다.

시아버지는 자기의 빈약한 수염을 만지며 말했다.

"그래? 안 그래도 나 역시 그런 생각을 하고 있지."

"아버님. 제 친정 식구들 아시잖아요? 숙부들이랑 오빠들이
랑 다들 수염 하나만큼은 끝내주지 않습니까?"

"그래. 그건 네 말이 맞다. 한데 그렇게 된 데는 집안에 무슨
특별한 비방이라도 있는 게냐?"

"사실 그 비방은 타인에게 말하면 안 되는 것으로, 아버님께
는 특별히 가르쳐드리고 싶습니다만…………"

"오, 그래? 대관절 어떤 비방이기에 그런 것이냐?"

"부끄러워서 제 입으로 말씀드리기가 좀 뭣 하군요."

"괜찮다. 나는 일 년 전에 너에게 거시기 얘기도 했는데, 뭐가
부끄러울 게 있단 말이냐?"

"그럼 말씀드릴게요. 수염을 길게 기르려면 수말의 거시기를 잘라 입에 물고 비비고 있으면, 냄새는 고약해도 사흘이면 소원 대로 될 거예요."

당장 실천에 들어간 시아버지는 사흘 낮 사흘 밤을 한 입에 물기도 힘든 말의 거시기를 물고 양손을 동원하여 이리저리 비벼댔다.

나흘째 되는 날.

시아버지는 비로소 며느리에게 속은 것을 알았다.

시아버지의 수염은 더 자라기는커녕 도리어 지금까지 있던 빈약한 수염마저 송두리째 뽑혀나간 것이 아닌가?

시아버지는 며느리에게 물었다.

"아가야, 대관절 이게 어떻게 된 영문이냐?"

그러자 며느리는 이렇게 말했다.

"제가 시집올 때, 저의 청와대에 수풀이 빈약했는데, 서방님 께서 하고한 날 그곳을 자기의 거시기로 이리 비비고 저리 비비 고 하니까 어느새 수풀이 무성하게 자라더군요. 그래서 저는 아 버님의 턱에도 수말 거시기로 그렇게 하면 응당 수염이 자라리 라고 생각했죠."

흔들면 돼요

우리 마을 팔각정에 오는 젊은 선녀 가운데 가슴이 작아 고민하는 선녀 하나가 있었다.

어느 날 선녀가 팔각정에서 자기의 고민을 털어놓자, 늙은 선녀 하나가 대책을 일러주었다.

"아, 그런 문제는 광혜병원에 가면 다 해결돼."

선녀는 광혜병원을 찾아가서 의사에게 진상을 얘기했다.

의사는 선녀의 가슴을 열어보더니 말을 했다.

"가슴이 작기는 정말 작군요. 한데 이건 너무 작아서 수술이 안 되겠는데요."

선녀는 크게 낙심을 했다.

"정말로 방법이 없는가요?"

의사는 마지못해 말했다.

"한 가지 방법이 있기는 한데⋯⋯"

선녀는 지푸라기라도 잡는 심정으로 의사의 말꼬리를 잡고 늘어졌다.

"그게 뭐죠?"

의사는 시큰둥하게 말했다.

"앞으로 일주일 동안 계속해서 팔을 위아래로 흔들어보세요. 그럼 효과가 있을 겁니다."

선녀는 광혜병원을 나서자마자, 팔을 위아래로 흔들기 시작했다.

선녀는 집으로 가는 택시 안에서도 계속 팔을 흔들어댔다.

그걸 본 택시기사가 이상한 생각이 들어 선녀에게 물었다.

"아가씨, 왜 자꾸 팔을 아래위로 흔들어대나요?"

"아, 의사 선생님이 이렇게 하면 가슴이 커진다고 했거든요."

"아, 그러세요?"

택시기사는 고개를 끄덕이며 입가에 야릇한 미소를 띠었다.

한데 얼마 후 선녀가 택시기사를 돌아다봤더니, 이게 웬일인가?

택시기사는 열심히 다리를 흔들어대고 있는 게 아닌가?

열불 난 할망구들

금정산 중턱 외딴 마을에는 가끔 불한당들이 부녀자들에게 몹쓸 짓을 하는 것으로 알려져 있다.

어제 저녁 거기서 여자 도박단 수십 명이 노름판을 벌이고 있었는데, 느닷없이 불한당들이 들이닥쳤다.

불한당들은 여자들을 향해 소리쳤다.

"잘 만났어. 이제부터 너희들을 차례대로 잡아먹을 테니 그리들 알아."

그러자 아리따운 아가씨 두 명이 앞으로 나오며 말했다.

"존경하옵는 점령군 사령관님들. 저희들은 괜찮습니다마는, 저 뒤에 있는 연세 많은 분들만큼은 손대지 말아주세요."

그러자 뒷줄에 앉아있던 할망구들이 일제히 일어나 소리를 지르는 것이었다.

"야, 이것들아! 아가리 닥치지 못해? 너희들만 10이 있어? 우리도 10이 있어. 이것들이 감히 선배도 몰라보고 말이야."

그러면서 할망구들은 불한당들에게 말했다.

"사령관님들, 부디 나이 순서대로 저희들부터 먼저 잡숴주세요."

총명한 며느리

어느 날 강 영감은 생선을 굽고 있는 며느리를 보고 말했다.

"아가야, 왜 생선을 뒤집어가며 굽지 않고 한쪽만 그렇게 태우느냐?"

그러자 며느리가 말했다.

"아버님, 그냥 내버려두세요."

강 영감은 놀라 되물었다.

"엥? 그냥 내버려두다니?"

며느리는 대수롭지 않다는 듯 말했다.

"제 깐 놈이 뜨거우면 돌아눕지, 별 수 있겠어요?"

어느 할머니의 한탄

이 화백은 몸 관리에 엄청 신경을 쓰는 편이다.

매일 마을 헬스장에서 운동을 하고 조깅을 하며 체력단련을 한다.

이 화백이 하루는 샤워를 마치고 거울 앞에서 자기의 몸을 보며 감탄을 하고 있었다.

한데 자기의 몸을 보니, 다른 곳은 모두 선탠이 잘되어 있었는데, 유독 거시기만은 선탠이 제대로 되어있지 않았다.

이 화백은 거시기를 햇볕에 태우기 위해 해운대 바닷가에서 옷을 벗고 모래로 온몸을 덮은 다음, 거시기만 밖으로 드러내놓고 썬텐을 하기 시작했다.

그때 그곳을 지나가던 할머니들이 그 광경을 보게 되었다.

그 중에 한 할머니가 이렇게 말했다.

"세상 참 불공평하구먼."

옆에 있던 할머니가 물었다.

"왜 그려?"

"아, 이것 좀 보라고. 내가 열 살 때 나는 이것을 두려워했지.

스무 살 때 나는 이것에 호기심을 가졌지. 서른 살 때 나는 이것에 맛이 들었지. 마흔 살 때 나는 오로지 이것만 요구했지. 쉰 살 때 나는 이것 땜에 큰 대가를 지불했지. 예순 살 때 나는 이것이 내게 오게 해달라고 하느님 부처님께 기도를 했지. 일흔 살 때 나는 이것을 잊으려고 했지. 그런데 여든 살이 되니까, 이것이 저렇게 맨땅에서도 자라고 있잖아?"

세 살 버릇이 여든을 가듯
조기 경제교육이 평생의 부를 좌우할 수 있다.
돈은 어른이 되어서 버는 것이 아니라 어려서 배우는 것이다.
-워렌 버핏

지갑인 줄 알았나

어제 저녁 우리 마을 어떤 선녀가 롯데시네마에서 지갑을 소매치기당해 동래경찰서에 신고를 했다.

경찰이 물었다.

"지갑이 어디에 있었습니까?"

선녀가 답했다.

"스커트 안쪽 주머니에요."

"그럼 범인이 치마 속으로 손을 넣었겠군요?"

"예."

"아니, 그러면 손이 들어오는데도 몰랐단 말입니까?"

"아뇨. 알기는 알았죠."

"그런데 왜 가만히 있었습니까?"

그 말에 선녀는 이렇게 말했다.

"그놈의 목표가 지갑인 줄은 꿈에도 몰랐거든요."

수박이 뭘 어째

이 화백에게는 만난 지 6개월 되는 선녀가 있었다.

이 화백은 선녀와 잠자리를 같이해보고 싶었지만, 선녀는 결혼을 약속하기 전까지는 안 된다며 이 화백의 요구를 완강히 거절했다.

화가 난 이 화백이 선녀에게 말했다.

"수박 한 통을 사더라도, 먼저 잘 익었는지 안 익었는지 따보고 산다는 걸 몰라요?"

그러자 선녀는 이렇게 말했다.

"흥, 한 번 따놓은 수박은 팔 수 없다는 걸 몰라요?"

지가 멀 아남유

　이 S.Y.K.의 고향인 밀양시 산내면 임고리 마을에 순진무구한 아가씨 하나가 있었다.

　어느 날 아가씨가 한적한 길을 가고 있는 도중인데, 한 남자가 아가씨를 보고 첫눈에 반해 여관으로 납치를 해갔다.

　한데 이튿날 그 남자는 여관에서 알몸으로 죽어있었고, 아가씨는 그 옆에 알몸인 채로 바들바들 떨고 있었다.

　경찰은 아가씨를 용의자로 지목하고, 아가씨에게 그 동안의 경위를 자세히 설명하라고 했다.

　아가씨는 이렇게 말했다.

　"지가 길을 가고 있었구면유.

　그런데 저 남자가 절더러 여관으로 가자고 하더구면유.

　그래서 따라갔구면유. 그리고는 저 남자가 저더러 샤워를 하라고 하더구면유.

　그래서 샤워를 마치고 나오니, 벽에 기대서라고 하더구면유. 지가 벽에 기대서자, 저 남자가 저를 향해 막 달려오더구면유. 남자가 가는 길을 여자가 막는 게 아니잖아유? 그래서 지가 옆으로 살짝 비켜섰더니, 저 남자가 갑자기 이마빡을 벽에 처박더니 저렇게 되었구먼유. 지가 멀 아남유?"

소리와 건전지

우리 마을 어느 선녀가 마흔이 넘어서야 결혼을 했다.

결혼을 한 선녀는 신혼의 단꿈에 젖었지만, 남편이란 사람은 섹스에는 관심이 없고, 오로지 휴대용 라디오를 듣는 일에만 열중했다.

어제 저녁 남편이 욕실에서 샤워를 하는 동안, 선녀는 남편이 금지옥엽같이 애지중지하는 휴대용 라디오를 몰래 숨겨놓고, 알몸으로 침대에 누워 남편이 나오기를 기다렸다.

욕실에서 나온 남편은 아내에게는 관심이 없이 휴대용 라디오만 찾았다.

끝내 라디오를 찾지 못한 남편은 선녀에게 물었다.

"아니, 여보. 내 라디오 어디 갔소?"

선녀는 고혹적인 눈초리로 남편을 보며 말했다.

"어디 가긴요? 여기 있잖아요?"

"여기라니?"

"제가 바로 당신의 라디오잖아요? 보세요. 여기 오른쪽 가슴은 FM이고, 왼쪽 가슴은 AM이잖아요? 못 믿겠으면 직접 한 번

작동시켜보세요.”

　남편은 선녀의 오른쪽 가슴을 한참 주물러보았다.

　하지만 선녀에게서는 아무런 소리도 나지 않았다.

　남편은 화를 내며 소리쳤다.

　“뭐야, 이건? 아무 소리도 안 나잖아?”

　그러자 선녀가 안타깝다는 듯 말했다.

　“건전지를 넣어야 소리가 나죠.”

여자는 티백과 같다.
뜨거운 물에 넣어지기 전까지는
그것이 얼마나 강한 지 알 수 없다.
-엘레노어 루즈벨트

중고와 신품

어제 오후 롯데백화점 앞에서 한 중년의 선녀가 갑자기 불어온 회오리바람 때문에, 한 손으로는 택시 승강장을 붙들고 다른 한 손으로는 모자가 바람에 날아가지 않도록 꽉 누르고 있었다.

때마침 불법주차 단속을 나온 경찰이 그곳을 지나가려는데, 바람이 더욱 세차게 불면서, 노팬티 차림으로 나온 선녀의 은밀한 부분이 훤하게 드러났다.

경찰은 선녀에게 다가와 말했다.

"저, 사모님. 그 모자보다는 치마를 좀 잡으시죠? 사람들이 오며가며 다 보고 있잖아요?"

그러자 선녀는 웃기지 말라는 듯 이렇게 말하는 것이었다.

"이거 봐요, 경찰관 양반. 사람들이 보고 있는 건 50년이 넘은 중고지만, 이 모자는 방금 산 신품이란 말이에요."

chapter 02
★
사고뭉치 이 화백

재결합문제

이 화백은 얼마 전 로또복권 1등에 당첨되어 일확천금을 벌게 되었다.

어떻게 알았는지 돈 냄새를 맡은 옛 부인이 이 화백을 찾아왔다.

자연히 재결합문제가 무르익어가게 되었다.

이 화백은 옛 부인에게 제의하기를 한 번씩 자기를 제대로 즐겁게 해줄 적마다 항아리에 만원씩 넣어주겠다고 했다.

엊그제.

풀타임으로 레슬링을 한 판 끝내고나서 이 화백이 항아리에 돈을 넣으려고 보니, 5만원권 지폐와 10만원권 수표가 여러 장 있었다.

이 화백은 옛 부인에게 물었다.

"옛날 여보. 이..........이..........이게 워..........워떻게 된 것이오? 나는 만원짜리 외에는 넣어본 적이 없는데.........."

그러자 옛 부인은 이렇게 말했다.

"흥, 다른 남자들도 다 당신처럼 짠돌이인 줄 아세요?"

원인 규명

우리 마을 이 화백은 작년에 옛 부인과 한 차례 운우지정을 나눈 것이 원인이 되어 그만 옛 부인이 임신을 하게 되었다.

한데 며칠 전 아이를 낳고 보니, 가문에도 없는 빨간 머리털을 가진 아이가 아닌가?

이 화백은 옛 부인을 의심했다.

하지만 이 화백은 뭔가 석연치 않은 느낌이 들어 광혜병원 의사를 찾아가 원인 규명을 의뢰했다.

그러자 의사가 이 화백에게 물었다.

"부인과의 섹스 횟수는 어느 정도였습니까?"

이 화백은 말했다.

"횟수라기보다 20년간 별거하다가 작년에 어쩌다가 딱 한 번 한 게 그만 이리되고 말았어요."

의사는 놀라며 물었다.

"예? 20년 만에 딱 한 번이었다고요?"

이 화백은 말했다.

"예, 그렇습니다."

그러자 의사는 이렇게 말했다.

"원인은 바로 거기에 있어요. 그건 녹이 슬었기 때문입니다."

책은 어린이와 같이 소중히 다루어야 한다.
그래서 아무것이나 급히 많이 읽는 것보다는 한 권의 책이라도
여러모로 살펴 자세하게 읽는 습관을 가지는 것이 좋다.
그냥 훑어보는 것은 책을 읽는 것이라고 할 수 없다.
-존 밀턴

유머는 코끼리도 물구나무 서게 한다

이 화백과 콘돔

어느 날 이 화백은 우리 마을에 있는 지리산약국에 콘돔을 사러 갔다.

여자 약사가 이 화백에게 물었다.

"사이즈가 어떻게 되나요?"

이 화백은 깜짝 놀라 물었다.

"예? 콘돔도 사이즈 별로 있습니까?"

"물론이죠."

이 화백이 잠시 머뭇거리고 있자, 여자 약사가 말했다.

"어떤 사이즈인지 잘 모르시면 옆방에 들어가서 칸막이에 뚫려있는 구멍에다 거시기를 집어넣어보시고 대. 중. 소를 저에게 말씀해주세요."

이 화백은 여자 약사가 가리켜준 방문을 열고 들어갔다.

이 화백이 방 안에 설치된 칸막이를 보니, 거기에는 사이즈가 각기 다른 구멍 3개가 뚫려있었다.

이때 이 화백이 방안으로 들어간 것을 확인한 여자 약사는 얼른 반대편 방문을 열고 들어가 팬티를 벗고 칸막이에 뚫어진 구멍에다 엉덩이를 갖다 댔다.

이윽고 이 화백이 방에서 나오자, 여자 약사가 물었다.

"이제 결정이 되셨나요? 대. 중. 소 가운데 어느 것을 드릴까요?"

그러자 이 화백은 숨을 가쁘게 몰아쉬며 말했다.

"코..........코...........콘돔은 필요 없고, 카.........카...........칸막이가 필요해요."

미래는 그들의 꿈의 아름다움을 믿는 자들의 것이다.
-엘레노어 루즈벨트

이상한 대화

어느 날 이 화백이 아가씨와 이상한 대화를 나누고 있었다.

아가씨가 먼저 이렇게 말했다.

"저는 처음이니 살살해주세요."

이 화백은 태연하게 말했다.

"아무튼 넣어나 봅시다."

"너무 아파요."

"조금만 참아보세요."

"아이, 찢어질 것만 같아요."

"그럼 어떡해요?"

"나는 정말 싫어요. 이제 그만 빼주세요."

그 말에 이 화백은 이렇게 말했다.

"이그, 하이힐 가게 알바가 이렇게 힘들 줄 몰랐네."

대박난 이 화백

우리 마을 이 화백은 홀아비로 지낸 지가 너무 오래되다보니, 오로지 새 장가가는 것만이 유일한 소원이었다.

어느 날 이 화백은 김해 생림면으로 가면 대박을 잡을 수 있다는 강 영감의 말을 듣고, 자전거 한 대를 준비하여 생림면으로 갔다.

생림면에 당도한 이 화백이 그 마을 이장에게 사정을 얘기하니, 이장은 자기가 일러준 집에 가서 머리가 좀 모자라는 백치 행세를 하면 된다고 했다.

이장이 일러준 집은 건너 마을 중년 과부집이었다.

중년 과부는 놀부처럼 인색한 구두쇠였다.

하지만 그 중년 과부의 딸은 절세미인이었다.

이장은 그 중년 과부의 집에 가서 머슴살이를 하라고 했다.

이 화백은 중년 과부의 딸을 아내로 맞이하고 싶은 마음이 굴뚝같았지만, 머슴살이 주제에는 감히 쳐다볼 수도 없었다.

이에 이 화백은 나름대로 묘안을 생각해낸 다음, 그 과부의 집을 찾아갔다.

과부의 집을 찾아간 이 화백은 과부에게 말했다.

"마님, 새경은 쬐끔만 주셔도 좋으니까, 밥만 먹여주시면 죽도록 열심히 일을 하겠습니다."

과부는 이 화백이 어딘가 멍청한 듯해서 이 화백의 제의를 쾌히 수락했다.

이렇게 해서 이 화백은 과부집 머슴으로 들어가게 되었다.

과부는 어떡하면 멍청한 머슴을 공짜로 부려먹을까 하는 것만을 궁리했다.

인색한 과부는 머슴방에 불을 때면 나무가 더 들 것 같아서 머슴을 꾀었다.

"이보게, 이 군. 오늘 밤부터는 머슴방에 불을 때지 않을 거니까, 안방에서 나랑 함께 자도록 해. 알았지?"

그러자 이 화백은 이렇게 말했다.

"저..........저..........저는 주인 마나님이 무서운데요."

과부는 이 화백을 달랬다.

"걱정 마라. 안 잡아먹을 테니까."

이리하여 마침내 이 화백은 안방에서 과부와 함께 자게 되었다.

낮에 고된 일을 하고 난 이 화백은 자리에 눕자마자 코를 드르렁 드르렁 골며 잠에 곯아떨어졌다.

한밤중이 되자, 과부는 슬며시 딴 생각이 났다.

'저놈 저거, 진짜로 병신일까?'

과부는 가만히 머슴의 바지 속으로 손을 넣어 머슴의 거시기를 만져보았다.

한데 이게 웬일인가?

이 화백의 거시기는 엄청 굵고 큰데다가 뻣뻣하게 고개를 치켜들고 있는 게 아닌가?

그것을 본 과부는 만면에 미소를 지었다.

흑심이 동한 과부는 이 화백의 거시기를 잡고 자기의 치마를 벗으려 했다.

한데 바로 그 순간, 잠에서 깬 이 화백이 와락 과부의 양팔을 붙잡는 게 아닌가?

이리하여 과부는 참으로 오랜만에 머슴과 더불어 운우지락을 나누었다.

황홀한 밤을 지낸 그 다음날.

과부는 여전히 머슴이 바보려니 하고 생각하고, 머슴의 등을 떠밀며 일을 하러가라고 했다.

그런데 이게 웬일인가?

머슴은 잔뜩 볼멘소리로 이렇게 말하는 게 아닌가?

"나, 오늘부터 일 안 할라요."

과부는 물었다.

"아니, 갑자기 왜 일을 안 할라고 그래?"

그러자 이 화백은 이렇게 말했다.

"나, 마을 사람들을 불러놓고 한 잔 마셔야겠어요. 어젯밤에 내가 장가를 들었으니까 말씀이오."

그 말에 과부는 그만 새파랗게 질리고 말았다.

과부는 이 화백에게 애걸복걸하며 말했다.

"제발 그 소문만은 내지 마. 내, 네가 원하는 것은 뭐든지 다 들어줄 테니까. 응?"

이에 이 화백은 본색을 드러내며 말했다.

"그 말, 진짜죠?"

"암, 진짜고말고."

"그럼 당신 딸을 내 색시로 주시오."

과부는 그제야 이 화백에게 속았다는 걸 알았지만, 모든 일은 이미 엎질러진 물이었다.

덕분에 이 화백은 꿩 먹고 알 먹고, 도랑 치고 가재 잡는 횡재를 하게 되었다.

너를 두렵게 하는 걸 매일 한 가지씩 해라.
-엘레노어 루즈벨트

이 화백과 맹구

어제 저녁 이 화백은 금정산 으슥한 곳에서 어여쁜 선녀 하나를 만나 참으로 황홀한 카섹스를 하였다.

한 차례 게임이 끝나자, 선녀는 이 화백에게 너무 오래 굶었다면서 한 번만 더 해달라고 했다.

그런데 이 화백은 그 전날에도 다른 선녀 하나를 만나 몸 봉양을 해주었기 때문에 한 번 더 해줄 힘이 없었다.

그래서 이 화백은 잠시 화장실에 갔다 오겠다는 핑계를 대고 차에서 나와 몸 봉양을 대신해줄 사람을 찾고 있는 중이었는데, 때마침 맹구가 공중전화 박스에서 전화를 하고 있는 광경을 보게 되었다.

이 화백은 맹구에게 사정을 얘기한 다음, 자기 대신 들어가서 몸 봉양을 해줘도 캄캄한 밤중이니 안심해도 좋을 거라고 말했다.

맹구는 이게 웬 떡이냐 하고 이 화백 대신 차 안에 들어가서 선녀와 더불어 열심히 거사에 몰입했다.

한데 마침 그 일대를 순찰 중이던 경찰이 차 안으로 플래시를 비추면서 맹구에게 물었다.

"시방 여기서 뭐하시는 겁니까?"

맹구는 엉겁결에 답했다.

"아, 예. 마누라하고 야간작업을 좀 하고 있는 중이올시다."

경찰이 말했다.

"마누라하고라면 집에 가서 하지, 왜 여기서 하는 거요?"

그 말에 맹구는 선녀를 슬쩍 보며 말했다.

"젠장. 당신이 불 비추기 전에는 내 마누라인 줄 몰랐잖아?"

나는 나의 스승들에게서 많은 것을 배웠다.
그리고 내가 벗 삼은 친구들에게서 더 많은 것을 배웠다.
그러나 내 제자들에게선 훨씬 더 많은 것을 배웠다.
- 「탈무드」

이 화백과 여대생

이 화백은 어느 날 우리 마을 편의점 LG 25시에 알바를 하러 갔다.

그곳에는 여대생 알바도 몇 명 있었다.

한데 여대생 알바가 이 화백의 청와대 앞 지퍼가 열린 것을 보고 황당해하며 말했다.

"이 화백님, 차고 문이 열렸네요."

이 화백이 무슨 말인지 알아듣지를 못하자, 여대생 알바가 손으로 그곳을 가리켰다.

이 화백은 얼른 지퍼를 올리며 말했다.

"아가씨, 설마하니 내 에쿠스는 못 봤겠죠?"

그러자 여대생은 이렇게 말했다.

"못 봤어요. 다만 바퀴 두 개가 펑크 난 조그만 티코만 보이더 군요."

장님 점쟁이

금정산에 족집게로 소문난 장님 점쟁이가 살고 있었다.

한데 장님 점쟁이의 아내는 장님에게는 어울리지 않을 정도로 미인이었다.

그러다보니 점을 보러오는 사내들은 너나없이 그 아내에게 눈독을 들였다.

아내는 얼굴값을 하느라고 그랬던지 이 남자 저 남자 돌아가며 재미를 보곤 했다.

이 소문을 들은 이 화백은 얼씨구나 하고 장님 점쟁이를 찾아갔다.

이 화백이 점쟁이를 찾아가니, 점쟁이 내외는 한가로이 마루에 앉아 있었다.

이에 이 화백이 점쟁이에게 물었다.

"오늘은 점을 안 치십니까?"

점쟁이는 대번에 이 화백을 알아봤다.

"어, 이 화백인가? 어디 점칠 일이 날마다 있어야지."

이 화백은 능청스럽게 말했다.

"실은 영감님한테 부탁이 하나 있어서 왔습니다."

"그래? 무슨 부탁인가?"

"제가 좋아하는 여자가 한 사람 있는데, 거사를 한 번 치르려고 하니, 마땅한 장소가 없군요. 그래서 이렇게 영감님 댁으로 왔습니다."

점쟁이는 이 화백의 말을 곧이곧대로 들었다.

"아, 그래? 이 화백의 부탁이라면 못 들어줄 것도 없지. 우리 내외가 자리를 비켜줄 테니까, 즐기고 나오게."

점쟁이가 밖으로 나가자, 이 화백은 점쟁이의 아내를 끌어안고 방으로 들어가서 질탕하게 운우지정을 나누었다.

일을 치르고 난 이 화백은 점쟁이의 꼴이 우스워서 점쟁이에게 슬며시 물었다.

"우리 두 사람의 앞날에 대해 점을 한 번 봐주시렵니까?"

장님은 산통을 흔들어보더니 이렇게 말했다.

"아이구야, 앞날이고 뒷날이고 본 서방이 바로 가까이에 있으니 조심하게, 이 사람아."

모유와 분유

얼마 전 이 화백은 분유회사에 일용직으로 취직을 했다.

하지만 이 화백이 들어간 분유회사는 판매실적이 신통치 않았다.

이 화백이 그 까닭을 알아보니, 언론에서 모유가 분유보다 여러 모로 좋다는 보도를 많이 한 데 있었다.

크게 화가 난 이 화백은 금정산 장님 점쟁이를 찾아가 그 연유를 물었다.

"영감님, 도대체 모유가 분유보다 더 좋은 까닭이 뭡니까?"

그러자 장님 점쟁이는 이렇게 말했다.

"첫째, 영양이 풍부하고, 둘째, 휴대하기가 간편하고, 셋째, 항상 일정한 온도를 유지하고, 넷째, 용기(容器)가 아름답기 때문이지."

음주운전

이 화백은 한가위를 맞이하여 곤죽이 되도록 술을 마셨다.

이 화백은 음주상태에서 집에 가려고 자가용 승용차 안으로 들어갔다.

한데 아무리 둘러봐도 운전대가 보이지 않았다.

이 화백은 급히 경찰서에 전화를 걸었다.

"여보세요, 거기 경찰서죠?"

"그렇습니다."

"제가 자가용 승용차를 탔는데, 아무리 봐도 핸들이 안 보여요. 제 차에 도둑이 들었나 봐요."

경찰은 이 화백에게 이것저것 몇 가지를 캐묻고는 알았다고 했다.

얼마 후 이 화백으로부터 또다시 경찰서에 전화가 걸려왔다.

"여보세요, 나 조금 전 그 사람인데, 이젠 오실 필요가 없어요."

"예? 왜요?"

"아, 알고 보니 아까는 제가 뒷좌석에 탔더라고요."

경찰은 이 화백이 횡설수설하는 것을 보고 즉각 술을 마셨다는 것을 알았다.

경찰은 이 화백의 인근에 있는 순찰차에 연락하여 이 화백을 불심검문하게 했다.

순찰차를 몰고 이 화백에게 다가간 경찰이 이 화백을 보고 물었다.

"당신, 조금 전에 경찰서에 연락한 사람이죠?"

"예, 그렇습니다."

경찰이 막 이 화백에게 음주측정기를 갖다 대려는 순간, 갑자기 맞은편 도로에서 택시와 버스가 충돌하는 사고가 났다.

경찰은 이 화백에게 황급히 말했다.

"나, 저곳에 갔다가 다시 올 테니까, 그때까지 여기서 꼼짝 말고 있어야 하오. 아시겠습니까?"

"알았소."

하지만 이 화백은 술이 자꾸 취해오는 게 잠이 와서 도저히 견딜 수가 없었다.

이 화백은 더 이상 기다릴 수가 없어서, 그냥 차를 몰고 집으로 와서 쿨쿨 잠을 잤다.

이튿날 아침 경찰에서 이 화백에게로 전화가 걸려왔다.

"당신, 이 화백 맞죠?"

"예, 맞습니다."

이윽고 경찰 두 명이 이 화백의 집으로 들이닥쳤다.

경찰은 이 화백에게 물었다.

"당신, 어제 음주운전했죠?"

이 화백은 순순히 답했다.

"예, 그렇습니다."

"그럼 당신 차는 어디 있습니까?"

이 화백은 지하 주차장으로 경찰을 데리고 갔다.

주차장으로 내려가는 이 화백의 마음은 천근만근 무거웠다.

그것은 혹시나 어젯밤 음주운전 땜에 차가 온통 망가지지나

않았을까 해서였다.

이윽고 주차장에 내려오자 경찰이 물었다.

"당신 차는 어디에 주차해 있습니까?"

이 화백은 차를 주차한 장소를 가리켰다.

하지만 다음 순간 이 화백은 소스라치게 놀라고 말았다.

왜냐하면 이 화백이 가리킨 장소에 있는 차는 자기의 승용차

가 아니라, 경찰의 순찰차였기 때문이다.

최신 발명품

우리 마을 독신자 오피스텔에 살고 있는 이 화백은 어제 저녁 빨래를 하려고 지하에 있는 셀프 세탁소로 가서 동전을 넣고 세탁기를 돌리다가 무심코 옆을 돌아보니, 구석진 자리에 이전에 보지 못한 새로운 기계 하나가 있었다.

이 화백이 그리로 다가가 봤더니, 그 기계에는 이런 문구가 적혀있었다.

"독신 남성을 위한 최신 발명품"

기계 옆에는 조그만 구멍이 뚫려있었다.

이 화백은 미소가 절로 나왔다.

"아니, 이런 걸 여기다 둬도 되나?"

이 화백이 주위를 둘러보니, 마침 아무도 없었다.

이 화백은 동전을 넣고 바지 지퍼를 내린 다음, 거시기를 구멍 안에 집어넣었다.

스타트 버튼을 누른 이 화백은 지그시 두 눈을 감고 곧 있을 황홀함에 가슴이 설레었다.

이윽고 철커덕 철커덕 하고 기계 돌아가는 소리가 들려왔다.

이 화백은 기계 돌아가는 소리가 더없이 아름다운 멜로디로 들렸다.

한데 갑자기 이 화백은 거시기에 불같은 통증이 느껴졌다.

"으으............으악!"

이 화백은 비명을 지르며, 얼른 거시기를 빼냈다.

이 화백이 거시기를 보았더니, 거기에는 단추 하나가 달려있었다.

이 화백이 기계에 붙어있는 설명서를 다시 읽어보았더니, 거기에는 이런 문구가 함께 붙어있었다.

"이 기계는 독신 남성을 위해 단추를 달아주는 기계입니다."

다른 사람들의 실수에서 배워라.
모든 실수를 다 해볼 만큼 충분히 오래 살 수는 없다.
-엘레노어 루즈벨트

아가씨의 손가락

우리 마을 이 화백은 추석을 쇤 후 지리산 약국 2층에 있는 바에서 알바를 하게 됐다.

어제 저녁 바에는 여자 손님 한 명만 있었다.

여배우 이상으로 섹시하게 생긴 아가씨는 혼자 칵테일을 마시고 있었다.

아가씨는 매혹적인 몸짓을 하며 이 화백을 불렀다.

이 화백이 다가오자, 아가씨는 더욱 매혹적인 몸짓을 하며 얼굴을 가까이 대보라고 했다.

이 화백은 영문을 모른 채, 얼굴을 가까이 했다.

아가씨는 이 화백의 수염과 얼굴을 두 손으로 부드럽게 만지며 물었다.

"아저씨가 이 집 사장이세요?"

"아..........아..........아닌데요."

그러자 아가씨는 더욱 더 강렬하게 이 화백의 머리카락과 수염을 만지며 말했다.

"그럼 사장님 좀 불러주시겠어요?"

이 화백은 아가씨의 몸에서 풍기는 향기와 부드러운 손길에 그만 숨을 헐떡이며 말했다.

"지..........지..........지금은 외..........외출하시고 안 계시는데요. 꼭 전하실 말씀이라도 있으세요? 제가 전해드릴게요."

그러자 아가씨는 한층 더 요염하고 허스키한 목소리로 말했다.

"물론 전할 말이 있지요."

아가씨가 머리와 수염을 어루만지던 손가락을 이 화백의 입술로 가져가자, 이 화백은 아가씨의 손가락을 쪽쪽 빨기 시작했다.

아가씨는 별다르게 싫어하는 기색도 없이, 이 화백이 손가락을 빨게 내버려두면서, 이렇게 말하는 것이었다.

"사장님이 오시면, 여자 화장실에 휴지가 없어서 손가락으로 해결했다고 꼭 전해주세요."

나무는 그 열매에 의해서 알려지고,
사람은 일에 의해서 평가된다.
-탈무드

이 화백의 거시기

어제 저녁 우리 마을 이 화백은 금정산 중턱 모 음식점에 들어가서 식사를 한 다음, 화장실에 가지 않고, 식당 담벼락에다 실례를 하고 말았다.

실례를 하는 도중, 식당 남자 주인이 이 화백의 거시기를 목격하게 되었다.

깜짝 놀란 식당 주인이 이 화백에게 물었다.

"아니, 이 화백님, 거시기가 어떻게 그렇게 클 수가 있습니까? 무슨 비법이라도 있는 겁니까?"

이 화백은 능글맞게 웃었다.

"히히, 그걸 알려주면, 오늘 식대는 안 받으려오?"

남자 주인은 다급하게 말했다.

"하믄요. 식대는 물론이고, 덤터기로 용돈까지 두둑하게 얹어드릴 테니, 제발 비법만 좀 가르쳐주시구려."

이 화백은 이렇게 말했다.

"별 것 아니에요. 저는 매일 밤 잠자기 전에 거시기를 침대 기둥에 대고 다섯 번씩 때리걸랑요. 그러다보니 이렇게 돼버렸소."

남자 주인은 이 화백에게 사례금을 준 다음, 곧 바로 그 방법을 시험해보기로 했다.

이렇게 해서 남자 주인은 그날 장사가 파하자, 곧장 침대 기둥에다 자기의 거시기를 꺼내서 다섯 번을 때린 다음, 마누라 옆에 누웠다.

그러자 때마침 잠이 들어있던 마누라가 눈을 부시시 뜨고는 남편의 거시기를 만지며 말했다.

"어머머, 이 화백님. 오늘도 오셨어요?"

시간은 누구에게나 공평하게 주어진 자본금이다.
이 자본을 잘 이용한 사람에겐 승리가 있다.
-아뷰난드

판사가 뭘 알아

우리 마을 이 화백은 어제 저녁 금정산 중턱에서 한 처녀에게 성폭행을 하여 임신까지 하게 됐다.

사건의 전모가 밝혀지자, 이 화백은 법정에 끌려가게 됐다.

판사는 준엄하게 이 화백을 꾸짖었다.

"당신 같은 인간이야말로 신성한 침대를 더럽히는 인간입니다. 이는 도저히 용서할 수가 없습니다."

이 화백은 판사의 말에 항의를 했다.

"저는 결코 침대를 더럽힌 적이 없습니다."

판사는 노기를 띤 채 말했다.

"뭐요? 아직도 자신의 죄를 뉘우치지 않는단 말씀이오?"

이 화백은 판사를 빤히 쳐다보며 말했다.

"판사님은 이 사건을 제대로 알지도 못하고 있는 것 같군요."

판사는 크게 화를 냈다.

"뭐가 어쩌고 어째요? 내가 사건을 알지도 못한다고요?"

이 화백은 태연하게 말했다.

"그렇습니다. 당시 이 사건이 일어난 장소는 침대가 아니라, 화장실이었단 말입니다."

주차위반

우리 마을 이 화백은 아파트 주차비를 내지 않으려고 주차용 스티커를 발급받지 않았다.

어제 저녁 이 화백은 주차할 곳을 찾아 아파트 주변을 몇 차례나 돌다가 결국 주차금지구역에 차를 대고 말았다.

이 화백은 차 유리창에 다음과 같은 메모를 써놓았다.

"경찰관 귀하; 저는 이 주변을 20 바퀴나 돌았으나, 결국 주차할 곳을 찾지 못했습니다. 저는 중요한 약속이 있는데, 만약 그 약속을 지키지 못하면 제 밥줄이 끊긴답니다. 그러니 제발 제 사정을 감안하여 딱지를 끊지 말아주세요."

얼마 후 이 화백이 프린스 커피숍에서 용무를 마치고 주차한 곳으로 돌아와 봤더니, 차 유리창에 딱지와 더불어 자신이 쓴 메모장 옆에 또 다른 메모 한 장이 붙어있는 것이었다.

그 메모장에는 이렇게 쓰여 있었다.

"차주님에게; 저는 이 주변을 20년 동안이나 돌아왔습니다. 만약 제가 귀하에게 주차위반 딱지를 떼지 않으면, 제 밥줄이 끊긴답니다. 그러니 제발 저를 시험에 들게 하지 마십시오."

후덕한 이 화백

이 화백은 남들이 보기에는 지독한 자린고비다.

어제 저녁.

해운대에 살고 있는 대학생 딸 둘이서 이 화백의 집을 방문하였다.

그런데 찬거리가 없어서 세 가족이 간장만 놓고 식사를 하게되었다.

식사 도중 갑자기 막내딸이 불만을 터뜨렸다.

"아빠."

"왜 그러느냐?"

"언니가 방금 간장을 두 번이나 찍어먹었어요."

그러자 이 화백은 인자하게 웃으며 말했다.

"놔둬라. 오늘은 네 언니 생일이잖니?"

과속운전의 이유

어제 저녁 이 화백은 경부고속도로에서 얼굴에 심술이 가득한 채, 자동차를 난폭운전하고 있었다.

이 화백이 시속 100km에서 막 120km로 접어드는 순간, 순찰차가 사이렌을 울리며 따라왔다.

이 화백은 순찰차를 따돌리기 위해 차를 150km로 몰았다.

이 화백은 그 정도면 순찰차를 따돌릴 수 있으리라고 생각했다.

하지만 순찰차는 여전히 이 화백의 차를 따라왔다.

이 화백은 어쩔 수 없이 차를 멈추었다.

경찰관이 다가와 이 화백에게 물었다.

"당신, 정지신호를 무시하고 도망간 이유가 뭐요?"

이 화백은 한숨을 쉬며 말했다.

"제 마누라가 경찰하고 눈이 맞아 도망을 갔거든요."

경찰관은 어이가 없었다.

"아니, 여보시오. 그것이 당신이 검문에 불응하고 도망친 것과 무슨 상관이 있소?"

그러자 이 화백은 이렇게 말했다.

"죄송합니다. 저는 그 경찰관이 제게 마누라를 도로 돌려주려고 저를 따라오는 줄 알았습니다."

1원을 절약하면 1원을 번 것입니다.
이는 당신이 억만장자라도 마찬가지입니다.
사람들이 나를 인색하다고 말하지만 개의치 않습니다.
구두쇠라는 세간의 평가를 자랑스럽게 생각합니다.
-잉그바르 캄프라드

절개 곧은 과부

　금정산 중턱에 있는 어느 마을에 미모가 빼어난 청상과부 하나가 살고 있었다.

　소문을 들은 사내들은 너도나도 과부에게 눈독을 들였다.

　하지만 과부는 너무나 절개가 곧아 어느 누구도 과부에게 접근조차 할 수가 없었다.

　어느 날 우리 마을 팔각정에 모인 사내들이 내기를 했다.

　내기의 내용은 누구든지 과부를 먼저 건드리는 사람에게는 1인 당 100만 원씩의 돈을 거둬서 상금으로 주기로 한다는 것이었다.

　하지만 막상 내기를 하기는 했지만, 성공하는 사람이 아무도 없었다.

　그때 이 화백이 그 얘기를 듣고는 자기에게 닷새만 말미를 주면 과부를 함락시키겠노라고 호언장담을 했다.

　사람들은 평소 이 화백이 어딘가 나사가 하나 빠진 사람이라는 사실을 잘 알고 있었기 때문에, 누구도 이 화백의 말을 믿으려하지 않았다.

이에 이 화백은 다음날 아침 그 과부의 집을 찾아가 문을 두드렸다.

과부가 문을 열자, 이 화백은, "오입."하는 말만 남기고 잽싸게 달아났다.

이 화백의 그런 행동은 이틀, 사흘, 나흘이 되도록 똑같이 계속되었다.

드디어 약속한 닷새째가 되는 날, 이 화백은 내기를 한 사내들을 모아놓고, 자기가 과부를 건드린 증거를 보여줄 테니, 가까운 곳에 숨어서 잘 지켜보라고 했다.

이 화백은 또다시 과부의 집을 찾아가 문을 두드렸다.

그러자 대문이 벌컥 열리면서 과부가 나타났다.

다음 순간 숨어서 과부의 언동을 지켜보던 사내들은 벌렁 자빠지고 말았다.

과부는 이 화백을 보자마자, 이렇게 고함을 질렀던 것이다.

"야, 너, 또 오입할라꼬 왔제? 빨랑 꺼져, 이 시꺄."

절단난 이 화백

이 화백은 자신의 거시기 때문에 항상 고민이었다.

그래서 이 화백은 어제 저녁 금정산 중턱에 사는 족집게 점쟁이를 찾아가서 고충을 털어놓았다.

"도사님, 저는 거시기 길이가 50cm인데, 만나는 여자마다 너무 크다고 상대를 안 해줘요. 광혜병원 의사한테도 물어보았는데, 확대는 할 수 있어도 축소는 안 된다는 거예요. 무슨 좋은 방법이 없을까요?"

그러자 점쟁이가 이렇게 말했다.

"우리 집 뒷산에 가면 천년 묵은 구렁이가 있는데, 그 구렁이한테 결혼을 하자고 해서 그 구렁이가 한 번씩 싫다고 할 때마다 거시기가 10cm씩 짧아질 거야."

이 화백은 희망에 가득 찬 마음으로 구렁이를 찾아가서 말을 했다.

"구렁아, 나와 결혼해줄래?"

구렁이가 말했다.

"싫어."

그러자 이 화백의 거시기가 순식간에 10cm 짧아졌다.

이 화백은 다시 구렁이에게 물었다.

"구렁아, 나와 결혼해줄래?"

구렁이가 말했다.

"싫어."

이 화백의 거시기는 또다시 10cm 짧아졌다.

하지만 이 화백은 아직도 거시기가 너무 크다고 생각되어 또다시 구렁이에게 물었다.

"구렁아, 나와 결혼해줄래?"

그러자 구렁이가 짜증을 내며 소리쳤다.

"싫어. 싫어. 싫단 말이야."

사람은 천성과 직업이 맞을 때 행복하다.
-베이컨

유머는 코끼리도 물구나무 서게 한다

태풍의 피해

얼마 전 우리 마을 이 화백은 금정산 중턱에다 식당을 차렸다.

식당 이름은, "맛있는 털보집"이라고 정했다.

이 화백은 홀아비인데다 이목구비도 반듯하고, 요리 솜씨도 좋고, 수염까지 예술가처럼 기른 것이 식당 이름과도 잘 어울렸기 때문에, 여성 단골들이 구름처럼 몰려들었다.

이 화백은 돈 버는 재미와 여자 보는 재미에 취해 세월 가는 줄도 몰랐다.

한데 얼마 전에 초가을 태풍이 이곳을 강타했다.

그러자 그 많던 여자 손님들이 갑자기 뚝 끊어지며, 남자 손님들만 계속 늘어났다.

이 화백은 이유를 알 수가 없었다.

어느 날 이 화백은 단골로 드나들던 선녀 하나를 만나 그 이유를 물었다.

"자기야, 왜 요즘 우리 집에 안 와?"

선녀는 잠시 망설이는 듯하더니, 이렇게 말했다.

"자기야, 집에 가서 간판을 좀 봐. 지난 태풍에, 글쎄, 맨 끝에 있는 'ㅂ'자가 날아가 버렸단 말이야."

이상한 처녀막

얼마 전 이 화백은 마음에 쏙 드는 여자 하나를 만났다.

반년을 넘게 사귄 두 사람은 마침내 결혼을 약속했다.

그러나 여자 부모의 반대로 두 사람은 서로 맺어지지를 못하고, 여자는 돈 많은 남자에게 시집을 가게 되었다.

슬픔에 젖은 여자는, 결혼을 하기 전에, 자기가 진정으로 사랑하는 이 화백과 사랑을 나누기로 했다.

하지만 당시 여자는 몸이 임신 기간이었기 때문에, 신중에 신중을 기해서 관계를 해야 했다.

급히 여관을 찾아간 두 사람은 미처 콘돔을 준비하지 못했다.

하지만 욕정을 참지 못한 두 사람은 급한 대로 저녁에 먹었던 소시지 껍질을 콘돔 대신 사용했다.

한데 관계를 가진 것까지는 좋았는데, 한 가지 문제가 생기고 말았다.

그것은 소시지 껍질이 여자의 거시기에 박혀 나오지를 않는 것이었다.

두 사람은 핀셋까지 동원해봤지만, 아무런 소용이 없었다.

결국 여자는 거시기에 소시지 껍질을 넣은 채로 다른 남자와 결혼을 했다.

신혼초야.

여자가 신랑과 관계를 끝내고나자, 이게 웬일인가?

신랑의 거시기에 문제의 소시지 껍질이 걸려나오는 게 아닌가?

신랑은 눈을 둥그렇게 뜬 채, 여자에게 물었다.

"여보, 이게 뭐죠? 난 생전 처음 보는 물건인데?"

여자는 신랑이 약간 나사가 풀린 남자임을 눈치 채고 재빨리 둘러댔다.

"아, 그건 제 처녀막이에요."

그러자 신랑은 고개를 갸우뚱하며 말했다.

"거, 참 이상하네. 요즘 여자들 처녀막에는 품질 보증 마크하고 유통기한까지 찍혀 나오는 모양이네."

이 화백의 소원

금정산 중턱에 가면 유명한 도사님 한 분이 살고 계신다.

도사 밑에는 제자가 여러 명 있었는데, 군데군데 소갈머리가 약간 모자라는 이 화백도 그 중 한 명이었다.

어제 저녁 제자들은 저녁 준비를 하려고 개울 가로 나가 고기 잡이를 했다.

한데 그날따라 제대로 된 고기는 잡히지 않고, 기껏 잡아온 게 피라미 세 마리뿐이었다.

제자들은 도사에게 말을 했다.

"스승님, 이상하게 오늘은 아무리 애를 써도 이것밖에 잡히지 않았습니다."

제자들이 죄송한 표정으로 스승을 쳐다보자, 도사는 이렇게 말했다.

"그래? 괜찮아. 수고들 했다. 그걸 이리 다오."

도사가 피라미를 입에 넣고 몇 번 빨자, 갑자기 그 피라미의 길이가 족히 1m도 넘는 대형 물고기로 변하는 게 아닌가?

그러자 그 광경을 지켜보던 여제자가 감탄을 하며 말했다.

"스승님, 제게 고민이 하나 있사옵니다."

도사가 물었다.

"그래? 무슨 고민인고?"

"예. 저는 늘 가슴이 작아 고민이었는데, 이걸 좀 크게 해주시면 원도 한도 없겠사옵니다."

그러자 도사는 그 여제자의 가슴을 입에 넣고 몇 번 빨아주었다.

그러자 그 여제자의 가슴은 순식간에 풍만하고 아름다운 가슴으로 변하는 것이었다.

그때 옆에서 그 광경을 지켜보던 이 화백이 느닷없이 바지를 내리더니, 이렇게 외치는 것이었다.

"스.........스승님, 저.........저도 소원이 이...........있습니다."

꿈꿀 수만 있다면 무엇이든 이룰 수 있다.
나는 불가능이라는 것을 몰랐다.
나는 뛰어가서 기회를 잡았다.
-월트 디즈니

유머는 코끼리도 물구나무 서게 한다

공짜니까

우리 마을 이 화백은 공짜라면 양잿물도 마다하지 않는 인간
이다.

얼마 전 이 화백은 미모의 선녀 하나와 함께 광혜병원 비뇨기
과를 찾아갔다.

의사가 물었다.

"무슨 문제로 오셨습니까?"

이 화백이 말했다.

"예, 쑥스럽지만 저희들이 터널공사하는 모습을 좀 지켜봐 주
시겠습니까?"

의사는 처음에는 크게 당황했지만, 병을 진단하기 위해 그런
가 보다고 생각하고 그렇게 하라고 했다.

의사의 허락이 떨어지자, 이 화백과 선녀는 즉시 터널공사에
들어갔다.

의사는 옆방에서 모니터를 통해 두 사람이 운우지정을 나누
는 광경을 쭉 지켜보다가 이 화백에게 말을 했다.

"제가 보니, 당신에겐 아무런 문제도 없어 보입니다."

이 화백은 진찰료 만 원을 내고 돌아갔다.

얼마 후 이 화백은 또다시 선녀와 함께 광혜병원을 찾아와 저번과 똑같은 일을 했다.

이 화백의 이 같은 일은 사흘이 멀다 하고 계속됐다.

마침내 궁금증을 참지 못한 의사가 이 화백에게 물었다.

"제가 보기에 당신의 신체에는 아무런 문제가 없어 보이는데, 도대체 무슨 이유로 저희 병원을 자꾸 찾아오십니까?"

그러자 이 화백은 이렇게 말했다.

"저도 제가 문제가 없다는 걸 알고 있습니다. 다만 이 선녀는 유부녀이다 보니 우리가 이 선녀의 집으로 가서 터널공사를 할수도 없고, 그렇다고 주위의 눈이 있다 보니 제 집으로 갈 수도 없고, 그렇다고 주위에 있는 터널공사 대여실에는 다들 몇 만원씩이나 사용료를 받고 있으니, 거기를 이용할 수도 없지 않습니까? 하지만 여기는 단돈 만 원이면 되잖아요? 게다가 저는 병원을 한 번 이용할 때마다 의료보험회사와 제 직장에서 5만 원씩의 돈을 되돌려 받게 된단 말씀입니다. 이제 아시겠습니까?"

이 화백과 유혹

오랫동안 솔로로 살아오던 이 화백은 마침내 김 모 선녀와 결혼을 하게 되었다.

양가 상견례도 끝나고 결혼 날짜 잡는 일만 남은 어느 날, 와이프가 될 김 선녀가 이 화백에게 말했다.

"집에는 마침 부모님도 여행을 가시고 아무도 없으니, 우리 둘만의 오붓한 시간을 가지는 게 어떨까요?"

그동안 김 선녀와 간단한 스킨십 한 번 제대로 못해봤던 이 화백은 이게 웬 떡이냐 싶어 단번에 그러자고 했다.

약속 당일 이 화백은 김 선녀의 집으로 달려가 대문 벨을 눌렀다.

하지만 그녀는 나오지 않았다.

대신 그녀의 여동생이 문을 열고 나왔다.

그녀의 여동생은 평소 이 화백에게 아주 친절했다.

여동생은 이 화백을 형부라고 부르며 잘 따랐다.

게다가 그 여동생은 언니인 김 선녀보다 몇 배나 더 예뻤다.

이 화백이 언니가 어디 갔느냐고 묻자, 여동생은 이렇게 말을 했다.

"형부. 언니는 회사에 급한 일이 생겨서 지방으로 내려갔어요. 전화한다고 그러던데, 전화 못 받았나요? 모레쯤 올라 온데요."

이 화백이 김 선녀에게 전화를 해보니, 전화가 꺼져있었다.

이 화백은 집으로 돌아가려 했다.

그 순간 처제 될 여동생이 뜬금없이 말을 했다.

"오빠. 들어와서 커피나 한 잔 해요."

이 화백은 못 이긴 체하고 집 안으로 들어갔다.

이 화백이 거실에서 커피를 마시고 있으려니까, 갑자기 처제 될 여동생이 자기 방에서 야사시한 옷을 입고 나오는 게 아닌가?

여동생은 이 화백의 맞은편에 앉으며 말했다.

"오빠. 오빠는 아직 형부가 아니잖아요? 그리고 오빠도 제가 평소 오빠를 좋아하고 있다는 걸 잘 알잖아요? 어차피 언니의 남자가 될 거니까, 오늘은 여기서 하룻밤 주무시고 가세요. 저를 언니로 생각하셔도 돼요. 저도 오빠가 좋아요. 부모님도 여행을 가시고 나니, 집에 혼자 있기가 너무너무 심심해요. 아셨죠, 오빠?"

그러면서 여동생은 다리를 꼬았다.

이 화백의 눈에 여동생의 거시기가 살짝 보였다.

이 화백은 여동생의 횡설수설하는 유혹의 말에 머리가 혼란스러워왔다.

여동생이 또 이 화백에게 말을 했다.

"오빠. 마음이 있으면 제 방으로 들어오시고, 정 내키지 않으면 그냥 돌아가셔도 좋아요."

말을 마치자, 여동생은 자기 방으로 들어가 버렸다.

이 화백은 가슴이 쿵쾅거렸지만, 차마 여동생 방으로 들어갈 수는 없었다.

이 화백은 밖으로 나와 담배 한 대를 피우며 결심을 굳혔다.

이 화백은 그 길로 대문을 열고 나가려고 했다.

그때였다.

갑자기 그녀의 2층 베란다 창문이 열리더니, 누군가가 이 화백을 부르는 게 아닌가?

이 화백이 그곳을 바라보니, 거기에는 장인 장모 될 사람이 자기를 내려다보고 있는 게 아닌가?

장인 될 사람은 만면에 웃음을 띠고 말했다.

"이보게, 사위. 역시 내 눈이 틀리지 않았구먼. 우리는 자네를 믿고 있었다네. 다시 들어오시게나. 미안하네. 내가 자네를 시험한 것 같아서 말이야."

이 화백이 다시 집 안으로 들어가 보니, 거기에는 와이프가 될 김 선녀와 여동생도 함께 소파에 앉아있었다.

이 화백은 온몸이 하늘로 날아갈 듯하였다.

다음날 저녁 이 화백이 술집에서 S사장과 K사장에게 그 얘기를 털어놓았더니, K사장이 이 화백에게 말했다.

"결혼 축하해. 그래, 결혼식 날짜는 언제야? 그래야 축의금을 준비하지."

그러자 이 화백은 이렇게 말을 했다.

"18, 아침에 자고 일어나니, 몽땅 꿈이잖아요?"

권세와 명예, 부귀영화를 가까이하지 않는 이도 청렴결백하지만,
가까이하면서도 물들지 않는 사람이 더욱 고결한 사람이다.
권모술수를 모르는 이도 뛰어나지만,
쓸 줄 알면서도 쓰지 않는 사람이 더욱 뛰어난 사람이다.
- 「채근담」

이 화백의 봉변

어제 저녁 이 화백은 지리산 약국에 들르자마자 약사에게 다급하게 말을 했다.

"딸꾹질 멎게 하는 약 좀 주세요."

그러자 여자 약사는 갑자기 이 화백의 뺨을 힘차게 때리는 것이었다.

그리고는 이렇게 말했다.

"어때요? 이제 딸꾹질이 멎었죠?"

그러자 이 화백은 약사를 한참 째려보며 말했다.

"우씨, 딸꾹질을 하고 있는 건 내가 아니라, 우리 어머니란 말이오."

해고 사유

얼마 전 이 화백은 꽤나 큰 회사의 경비원으로 취직됐다.

어제께 이 화백이 밤샘 근무를 마치고 귀가하려는 찰나, 회사 사장이 해외출장을 가게 되었다.

사장은 공항으로 가기에 앞서 잠시 경비실에 들렀다.

그러자 이 화백은 사장에게 인사를 한 다음, 황급히 어젯밤 꿈 이야기를 하였다.

이 화백이 꾼 꿈은 사장이 타고 갈 비행기가 이륙하자마자 폭발하더라는 것이었다.

평소 미신을 신봉하던 사장은 그 말을 듣고는 해외출장을 다음 기회로 연기했다.

한데 나중에 알고 보니 그 비행기는 이 화백의 꿈과 같이 진짜로 이륙하자마자 폭발을 했다.

사장은 이 화백을 불러 1억 원의 사례금을 준 다음, 이 화백을 해고시켜 버렸다.

이 화백은 억울한 생각이 들어 사장에게 따졌다.

"사장님, 제가 꿈을 알려드려 목숨을 구해드렸는데, 어떻게 제게 이러실 수 있습니까?"

그러자 사장은 이렇게 말했다.

"나를 구해준 데 대해서는 고맙게 생각하네. 하지만 자네는
어젯밤 경비는 제대로 서지 않고 잠만 잤지 않은가?"

chapter 03
★
주책바가지 강 영감

축복받은 영감님

이 S.Y.K.가 살고 있는 마을에는 강 모 영감님이 거처하고 계신다.

하루는 강 영감이 자기 집 바로 옆에 있는 광혜병원에 건강진단을 받으러 갔다.

진단을 마친 의사는 강 영감에게 말하기를, "영감님은 건강상태는 좋은데, 밤에 화장실을 자주 가는군요."라고 했다.

그 말을 들은 강 영감은 의사에게 이렇게 말했다.

"의사 양반, 내가 하늘의 축복을 받았나 봐요. 내 눈이 침침해지는 걸 하느님이 어떻게 아셨는지 내가 오줌을 누려고 하면 불을 켜주고, 볼 일이 끝나면 불을 꺼주시더란 말이오."

이 말을 들은 의사가 강 영감의 부인을 불러 이렇게 말했다.

"영감님 검사 결과는 좋은데, 제 마음에 걸리는 이상한 말씀을 하시더군요. 밤에 화장실을 사용할 때 하느님이 불을 켰다 꺼주신다고 하더군요."

그러자 강 영감의 부인이 큰 소리로 말했다.

"이런 망할 영감탱이, 또 냉장고에 오줌을 쌌구먼."

웃다가 죽어도 꾸러미도 책임 못 진다

보험회사 표어

이 S.Y.K.가 살고 있는 마을의 보험회사에서는 요즘 고객 유치 경쟁이 한창 불붙고 있는 중이다.

경쟁이 붙고 있는 보험회사는 모두 네 군데다.

그런데 그 중 한 보험회사가 다음과 같은 표어를 내걸었다.

"요람에서 무덤까지 보장"

그러자 두 번째 회사는 그보다 더한 표어를 사용했다.

"자궁에서 무덤까지 보장"

세 번째 회사는 더 강한 표어를 사용했다.

"정자에서 벌레가 될 때까지 보장"

네 번째 회사는 생각에 생각을 거듭했지만, 마땅한 문구를 떠올릴 수가 없었다.

네 번째 회사는 표어 마련하는 일을 거의 포기할 지경에까지 이르렀다.

그 사실을 안 강 영감이 네 번째 회사를 찾아가 어드바이스를 해주었다.

네 번째 회사는 강 영감의 어드바이스에 따라 다음과 같이 표어를 내걸었다.

"발기에서 부활까지 보장"

그러자 우리 마실 부녀자들은 보험회사의 약관도 읽어보지 않고, 금액의 많고 적음도 상관함이 없이 네 번째 회사에 몰빵을 시켜주었다.

덕택에 강 영감은 그 보험회사에서 사례금을 두둑하게 받아 챙겼다고 한다.

당신의 태도를 바꾸면 상황도 바뀐다.
-엘레노어 루즈벨트

강 영감의 방송 실수

우리 마을 강 영감은 경비 아저씨들의 경비 상황을 점검하기 위해 불특정 야간 시간에 개인 순찰을 하기로 정평이 나있다.

그러다 보니 경비 아저씨들의 입장에선 강 영감이 대통령보다 더 무서운 저승사자였다.

어젯밤.

경비들이 졸고 있는 도중이었다.

강 영감이 몰래 순찰을 돌던 중에 경비실로 어떤 선녀로부터 인터폰이 걸려왔다.

경비는 인터폰이 온 줄도 모르고 계속 잠만 잤다.

하는 수 없이 강 영감이 인터폰을 받았다.

선녀는 이렇게 말했다.

"아저씨, 시방 위층에서 세탁기로 빨래를 돌리고 있는데, 시끄러워 잠을 잘 수가 없어요. 세탁기 좀 꺼달라고 해줘요."

강 영감은 눈도 침침하고 귀도 어둡다 보니, 그 선녀의 위층 인터폰을 누른다는 것이 그만 전 아파트 알림 방송을 누르고 말았다.

강 영감은 헛기침으로 목청을 가다듬은 다음, 이렇게 말했다.

"에에헴, 에헴. 알립니다. 다른 사람의 수면에 방해가 되오니, 지금 빨고 계시는 분이나 돌리고 계시는 분들은 즉각 중지해주시기 바랍니다."

하루만 행복하려면 이발소에 가서 머리를 깎아라.
1주일만 행복해지고 싶거든 결혼을 하라.
1개월 정도라면 말(馬)을 사고, 1년이라면 새 집을 지어라.
그런데 평생토록 행복하기를 원한다면 정직한 인간이 되어라.
-영국 속담

엉큼한 강 영감

우리 마을 강 영감님은 약간 엉뚱한 면이 있기로 정평이 나 있다.

어제 저녁.

강 영감은 팔각정에 잠시 누워있었다.

그때 엄마와 야구공 놀이를 하던 어느 중학생이 야구 방망이로 때린 공이 강 영감의 몸에 정통으로 맞았다.

깜짝 놀란 학생의 어머니가 강 영감에게 뛰어가 보니, 공에 맞은 강 영감이 가랑이 사이에 두 손을 넣고 비명을 지르며 뒹굴고 있었다.

학생 엄마가 미안해하며 말했다.

"정말 죄송합니다. 제가 광혜병원 물리치료사거든요. 그러니 제가 직접 봐드릴게요."

강 영감은 태연하게 말했다.

"아닙니다. 곧 괜찮아질 겁니다."

학생 엄마가 말했다.

"제발 사양하지 말아 주세요. 제가 치료해드리면 금방 나을 수 있다니까요."

강 영감은 여전히 두 손을 가랑이 사이에 넣고, 잔뜩 얼굴을 찡그리다가 마지못해 그러라고 했다.

상냥한 표정으로 강 영감에게 다가간 학생 엄마는 강 영감의 거시기를 정성스럽게 문지르기 시작했다.

한참 동안 마사지를 하고난 학생 엄마가 강 영감에게 물었다.

"좀 어떠세요? 많이 좋아지셨죠?"

그랬더니 강 영감은 이렇게 말했다.

"예, 기분은 아주 좋군요. 하지만 공에 맞은 이 손가락은 계속 아프군요."

CHANGE(변화)의 'G'를 'C'로 바꾸어보라.
CHANCE(기회)가 되지 않는가?
변화 속에는 반드시 기회가 숨어 있다.
-빌 게이츠

자리가 불편해요

　며칠 전 강 영감은 동래에 있는 롯데시네마에 영화를 보러갔다.

　영화가 시작되고 얼마쯤 지나자, 화면에 야릇한 장면이 나왔다.

　강 영감은 자신도 모르게 옆에 앉아있는 여자의 손을 잡았다.

　여자는 아무런 저항도 하지 않았다.

　용기를 낸 강 영감은 이번에는 한 팔로 그 여자의 어깨를 감싸고, 한 팔로는 여자의 가슴을 더듬기 시작했다.

　여자는 여전히 거부하지 않았다.

　이에 더욱 대담해진 강 영감은 이번에는 아예 그 여자의 거시기를 만지려고 손을 그 여자의 허벅지 쪽으로 가져갔다.

　그때였다.

　여자는 갑자기 자리에서 벌떡 일어서며 강 영감의 귀에 대고 이렇게 속삭였다.

　"강 영감님, 자리를 바꾸는 게 좋겠어요. 제 치마는 지퍼가 오른쪽에 달려있거든요."

확인하는 습관

우리 마을에는 얼마 전 주민들의 숙원사업이던 헬스장이 오픈되었다.

강 영감님은 누구나 인정하는 우리 마을 무임금 전천후 관리 감독관이시다.

어저께 저녁 여성 샤워장 탈의실에서 한 어여쁜 아가씨가 샤워를 마치고 옷을 갈아입고 헬스복을 막 가방에 넣으려는 순간, 강 영감이 빗자루를 들고 들어왔다.

기가 막힌 아가씨는 강 영감에게 냅다 소리를 질렀다.

"어머나, 이렇게 노크도 없이 들어오면 어떡하냔 말이에요? 옷을 다 갈아입고 있었기에 망정이지 옷을 벗고 있었을 때 들어왔으면 어쩔 뻔했어요?"

그러자 강 영감은 빙그레 웃으며 말했다.

"나는 그런 실수는 절대로 안 해요. 왜냐하면 나는 들어오기 전에 반드시 열쇠구멍을 통해 옷을 다 갈아입은 걸 확인한 다음에야 들어오거든요."

유머는 고래도 춤추게 한다

강 영감의 우정

우리 마을 강 영감은 거의 매일 금정산 밑에 있는 모 술집에 들러 항상 위스키 두 잔을 주문하여 마시고 오곤 했다.

어느 날 바텐더가 강 영감에게 물었다.

"어르신, 어르신께서는 왜 항상 위스키 두 잔을 한꺼번에 주문하십니까?"

강 영감은 이렇게 말했다.

"응, 거기에는 다 까닭이 있지. 나에게는 오랜 술친구가 있었는데, 그 친구가 일찍 죽으면서 내게 유언을 남기기를, '자네가 술을 마실 때는 언제나 나를 위해 한 잔 건배를 해주게.'라고 말일세. 그래서 나는 술을 마실 때는 항상 그 친구 몫까지 두 잔을 마시는 거라네."

그러다가 얼마 후 강 영감이 또 그 술집을 찾아왔는데, 웬일인지 강 영감은 이번에는 위스키 한 잔만 시켜 마시고는 자리에서 일어나는 게 아닌가?

이상하게 생각한 바텐더가 강 영감에게 물었다.

"아니, 영감님. 오늘은 왜 한 잔만 드십니까?"

그러자 강 영감은 이렇게 말했다.

"응, 나는 어제부터 건강하고 오래 살려고 술을 끊어버렸거든."

유마는 코끼리도 물구나무 서게 한다

강 영감의 소풍

강 영감 내외는 오랜만에 송정 바닷가에 있는 콘도 하나를 빌려 둘이 함께 여행을 떠났다.

콘도에 도착하자마자 강 영감 부인은 짐을 풀고 화장을 고치느라 바빴다.

심심해진 강 영감은 잠시 바람이나 쐴 겸해서 바닷가로 나갔다.

그때 강 영감 앞에 웬 글래머 아가씨 하나가 바닷가를 거닐다가 강 영감을 보고 수작을 걸어왔다.

"아저씨, 나랑 연애 한 번 안 해보시겠어요? 십만 원이면 되는데............"

그 말에 갑자기 몸이 달아오른 강 영감은 우선 지갑부터 열어보고는 이렇게 물었다.

"아가씨, 미안한데, 삼만 원에 안 될까?"

아가씨는 버럭 성을 냈다.

"이봐요, 아저씨. 내가 그렇게 싸구려로 보여요? 딴 데 가서 알아봐요. 흐이그, 기분 나빠."

잠시 후.

강 영감 부부는 저녁 식사를 마치고 함께 바닷가를 거닐었다.

그때 저만치 앞에서 아까 그 아가씨가 이쪽으로 걸어오더니,
강 영감 부인을 아래위로 훑어보며 말했다.

"흥, 어디서 용케 삼만 원짜리를 구했구면. 아이고, 이럴 줄
알았으면 내가 먼저 삼만 원을 벌걸."

어떤 높은 곳이더라도 사람이 도달하지 못할 곳은 없습니다.
그러나 용기와 자신감을 갖고 올라가지 않으면 안 됩니다.
-안데르센

유머는 코끼리도 춤추나 막 서게 한다

빈 병 타령

어느 날 강 영감은 건강검진을 한답시고 인근에 있는 광혜병원에 가서 정액검사를 하기로 했다.

의사는 강 영감에게 빈 병을 하나 주면서 거기다 정액을 받아오라고 했다.

이튿날 강 영감은 의사에게 병을 가져갔다.

하지만 병은 텅 비어있었다.

의사가 물었다.

"왜 빈 병을 가지고 왔습니까?"

강 영감은 이렇게 답했다.

"그게 말이여, 처음에는 오른손으로 시도해봤는데 안 되더라고. 그래서 이번에는 왼손으로 해봤지. 그래도 안 되잖아? 그래서 이번에는 할망구한테 해보라고 했지. 할망구가 왼손 오른손 다 해봐도 안 되어서, 할망구 입으로 해봤지. 그래도 안 되는 거여. 빌어먹을.......... 그래서 하는 수 없이 며느리한테 부탁을 했지. 며느리가 처음에는 두 손으로 하다가 다음에는 겨드랑이에 끼고도 해보다가 나중에는 허벅지 사이에 끼고도 해봤지. 그

래도 안 돼서 마지막으로 며느리의 보드라운 입으로 해봤지. 그
래도 역시 안 되더라고. 그러니 이걸 어떡하란 말이오?"

강 영감의 이야기를 듣고 있던 의사는 뭐가 이런 콩가루 집안
이 다 있나 싶어서 강 영감에게 이렇게 물었다.

"정말 며느리가 그렇게 해주었단 말씀이오?"

"아, 그렇다니까요. 며느리가 입으로 하니까, 정액은 나왔지
요."

"그런데 왜 병에 정액을 담아오지 못했습니까?"

"빌어먹을........... 아, 도대체 병뚜껑이 열려야 말이지."

오늘의 나는 어제의 나의 선택이다.
-엘레노어 루즈벨트

시주

강 영감은 어제 오후 자기 집에서 몸이 하도 나른하여 마루 위에서 매미 소리를 자장가 삼아 낮잠을 자고 있었다.

마루 밑에는 멍멍이가 자고 있었다.

그때 마침 금정산 도솔사에서 스님 하나가 시주를 왔다.

스님은 현관문이 열려있는 것을 보고는 열심히 염불을 외며 목탁을 두드렸다.

"나무아미타불 관세음보살. 나무아미타불 관세음보살.........."

하지만 스님이 아무리 오래도록 염불을 외고 목탁을 두드려도 안에서는 아무런 반응이 없었다.

이에 스님이 집안을 들여다보니, 주인도 자고 개도 자는 게 아닌가?

은근히 화가 난 스님은 아예 큰 소리로 염불을 외었다.

"마루 위에 주인 자지. 마루 밑에 개 자지. 에익, 주인 자지. 개 자지. 주인 자지. 개 자지.............."

하지만 스님이 아무리 큰 소리로 염불을 외고 목탁을 두드려도 강 영감과 개는 꿈쩍도 하지 않았다.

잔뜩 열을 받은 스님은 옆집으로 시주를 받으러 갔다.

스님이 집안을 보니, 주인 여자는 마루 위에서 부채질을 하고 있었고, 마루 밑에는 개가 더위 때문에 혀를 내민 채 숨을 헐떡이고 있었다.

스님은 또다시 염불을 외며 목탁을 두드렸다.

하지만 스님이 아무리 오래도록 염불을 외고 목탁을 두드려도 주인 여자와 개는 스님을 멀뚱히 바라보기만 할 뿐이었다.

화가 치밀 대로 치민 스님은 목탁을 부서져라 크게 치며 한껏 목청을 높여 염불을 외었다.

"주인도 나를 보지. 개도 나를 보지. 에익, 주인 보지. 개 보지. 주인 보지. 개 보지.........."

한참동안 염불을 외던 스님은 마침내 돌아서며 말했다.

"오늘 한 놈과 개는 자지. 한 년과 개는 보지. 18, 오늘 시주는 완존 개판이네."

각방이 유죄

요즘 강 영감은 부부관계 때문에 부인과 다투다가 마침내 서로 방을 따로 쓰고 있다.

그런데 어제 저녁 한밤중에 강 영감은 부인의 비명소리에 놀라 잠을 깼다.

강 영감이 급히 부인의 방으로 가보니, 웬 사내 하나가 황급히 창문을 열고 달아나는 게 아닌가?

부인은 이불로 몸뚱이를 가리면서 말했다.

"하..........하마터면 두 번씩이나 당할 뻔 했시유. 이건 모두 당신이 다른 방에 가서 잠을 잔 때문이라고요."

강 영감은 화가 잔뜩 치밀어 버럭 소리를 지르며 부인을 나무랐다.

"그럼 진작 소리를 질렀어야지, 왜 당하고 있었던 거야?"

그러자 부인은 얼굴을 붉히며 말했다.

"처음에는 잠결에 당신인 줄 알았죠."

"그럼 그놈이 딴 놈인 걸 안 것은 언제야?"

"그 다음이죠."

"뭐야? 그 다음이라고?

"그럼요. 놈은 조금 있으려니까, 또 시작하더라고요. 그때서
야 나는 놈이 당신이 아니란 걸 알았죠."

"이런 제길. 깜깜 밤중에 어떻게 놈과 나를 구분해?"

부인은 짤막하게 말했다.

"그야 간단하죠."

"간단하다니? 그게 무슨 말이야?"

"당신은 연속 홈런을 날리는 사람이 아니잖아요?"

만일 누군가 당신을 한 번 배신하면 그건 그들의 잘못이다.
그들이 당신을 두 번 배신하면 그건 당신의 잘못이다.
-엘레노어 루즈벨트

김장독과 총각김치

강 영감은 한가위 때 모처럼 집안일을 거들어주다가, 부인의 엉덩이를 보며 말했다.

"어이구, 이런. 갈수록 펑퍼짐해지는구먼. 저기 베란다에 있는 김장독하고 크기가 비슷하네."

부인은 못 들은 척하며 자기 일만 했다.

재미를 붙인 강 영감은 이번에는 아예 줄자를 가져오더니, 부인의 엉덩이를 재보고는 장독대로 달려가 김장독의 크기를 쟀다.

강 영감은 부인을 놀리며 말했다.

"아이고, 진짜네. 당신이 이겼어. 당신 것이 더 크단 말이여."

그날 밤.

강 영감은 평소대로 침대에서 양손으로 부인의 몸을 집적거리기 시작했다.

그러자 부인이 강 영감의 손길을 홱 뿌리치며 말했다.

"흥, 저리 가요."

강 영감은 잠시 어이가 없었다.

"아니, 갑자기 왜?"

그러자 부인은 이렇게 말했다.

"흥, 말라비틀어진 쬐그만 총각김치 하나 담으려고 장독 뚜껑을 열 수는 없잖아요? 흥."

남의 좋은 점을 보는 것이 눈의 베풂이요,
환하게 미소 짓는 것이 얼굴의 베풂이요,
사랑스런 말이 입의 베풂이요,
자기를 낮추어 인사함이 몸의 베풂이다.
-깨달음의 이야기

수당에도 종류가

   얼마 전 강 영감은 사회보장수당 신청을 하러 온천 3동 사무소를 찾아갔다. 동사무소 여직원이 강 영감의 나이를 확인하기 위해 신분증을 제시해 달라고 했다.

   바지 주머니를 더듬던 강 영감은 지갑을 집에 두고 온 것을 깨닫고 여직원에게 사실을 얘기했다.

   그러자 여직원이 이렇게 말했다.

   "그럼 셔츠 단추 좀 풀어보세요."

   강 영감은 셔츠 단추를 풀고, 곱슬곱슬한 은발의 가슴 털을 여직원에게 보여주었다.

   여직원은 말했다.

   "가슴 털이 은색이니, 충분한 증거가 됩니다."

   여직원은 강 영감의 사회보장수당 신청을 접수해주었다.

   집에 돌아온 강 영감은 이 일을 부인에게 얘기했다.

   그러자 부인은 이렇게 말했다.

   "기왕이면 바지도 마저 내리지 그랬어요? 그랬으면 틀림없이 장애인수당도 함께 탈 수 있었을 건데…………"

말조심

어느 날 강 영감은 부인과 아침식사를 하는 도중 입씨름을 벌였다.

화가 난 강 영감은 자리에서 벌떡 일어나며 큰 소리로 외쳤다.

"당신은 잠자리에서도 속궁합이 신통치 않으면서, 무슨 말이 그렇게 많아?"

강 영감은 그 길로 문을 열고 밖으로 나갔다.

흥분이 좀 가라앉자, 강 영감은 자기가 좀 심했구나 싶어서 사과할 생각으로 집으로 전화를 걸었다.

부인은 냉큼 전화를 받지 않았다.

신호가 몇 번이나 울리고 나서야 부인이 가까스로 전화를 받았다.

강 영감은 짜증을 내며 말했다.

"뭘 한다고 전화 받는 데 이렇게 늑장이오?"

부인이 말했다.

"나, 지금 잠자리에 있어요."

강 영감이 물었다.

"잠자리에서 뭘 하고 있었소?"

그러자 부인이 이렇게 말했다.

"다른 남자들은 잠자리에서 무슨 말을 하는지 알아보고 있었지요."

내가 너희에게 내 성공의 비밀을 털어놓겠다.
나의 모든 힘은 끈기 이외에는 아무것도 없다.
-루이 파스퇴르

강 영감의 사이즈

어제 저녁 강 영감은 이 화백, 이벤트 김 사장과 함께 산성 막걸리를 마시려고 금정산에 올라갔다.

세 사람이 산 중턱쯤 이르니까, 난데없이 악마가 나타나더니 길을 막는 것이었다.

악마는 험상궂은 눈초리로 세 사람을 노려보며 말했다.

"너희들 세 놈의 거시기 길이가 합쳐서 40cm를 넘지 못하면, 네놈들은 모두 죽는 줄 알아."

그래서 이 화백이 맨 먼저 바지를 벗고 거시기를 재보았더니, 16cm였다.

다음으로 이벤트 김 사장이 바지를 벗고 거시기를 재보았더니, 18cm였다.

이제 강 영감의 거시기가 6cm만 넘어서면 세 사람은 목숨을 건지게 되는 것이었다.

이 화백과 김 사장은 안도의 한숨을 내쉬었다.

'설마 6cm야 넘지 못할라고............'

드디어 강 영감이 바지를 벗었다.

유머는 코리아도 물구나무 서게 한다

한데 이 화백과 김 사장이 아무리 잘 봐줘도 강 영감의 거시기는 5cm도 안 되는 것 같았다.

이 화백과 김 사장은 사색이 된 채 부들부들 떨었다.

악마는 자를 들고 천천히 강 영감에게로 다가오고 있었다.

그때 그들 옆으로 아주 섹시하게 생긴 선녀 하나가 지나가고 있었다.

악마는 강 영감의 거시기를 재보더니 말했다.

"7cm야. 네놈들 오늘 운 좋은 줄 알아."

악마가 가고나자, 이 화백과 김 사장이 강 영감에게 물었다.

"강 영감님 때문에 우리는 죽는 줄만 알았잖아요? 도대체 어찌된 영문입니까? 처음에는 아무리 봐도 5cm도 안 돼 보이던 거시기가 어떻게 갑자기 7cm로 늘어날 수 있는 겁니까?"

강 영감은 큰 소리를 탕탕 쳤다.

"야, 이놈들아. 내가 그때 선녀를 보고 꼴리지 않았으면, 네놈들은 다 죽은 거야. 알간?"

강 영감의 고민

강 영감은 날이면 날마다 밤일을 요구하는 부인 때문에 피곤하기 그지없었다.

어떻게 할까를 고민하던 강 영감은 광혜병원을 찾아갔다.

강 영감은 의사에게 사정을 털어놓았다.

"의사 선생님, 제 아내는 너무 섹스를 좋아해서 제가 죽을 지경입니다. 좋은 방법이 없을까요?"

의사는 한참 생각하더니, 이렇게 답을 했다.

"그러면 이제부터 부인께서 섹스를 요구할 때마다 돈을 받으십시오. 장소마다 다르게 말씀입니다. 그러면 사장님께는 용돈도 될 것이고, 사모님의 요구도 훨씬 줄어들 것입니다."

그 말을 들은 강 영감은 흐뭇한 미소를 지으며 집으로 돌아왔다.

집으로 오니, 부인은 벌써부터 샤워를 마치고 남편을 기다리고 있었다.

부인이 강 영감의 바지를 벗기려고 하자, 강 영감이 밀했다.

"여보, 당신 요구가 밑도 끝도 없으니, 내가 죽을 지경이오.

그러니 이제부턴 이렇게 합시다."

"어떻게요?"

"부엌에서 한 번 하는 데는 5만원, 거실에서는 10만원, 화장실에서는 15만원, 침실에서는 25만원을 받았으면 하는데, 당신 생각은 어떻소?"

부인은 눈을 흘겨보며 말했다.

"흥, 별별 이상한 꾀를 다 부리네요. 내 사정이 급하니, 어쩔 수 없지. 좋아요."

부인은 지갑에서 25만원을 꺼내더니 강 영감에게 주었다.

방법이 먹혀들자, 신이 난 강 영감은 샤워를 한 다음, 침실로 들어가서 부인을 기다렸다.

그러자 어디선가 부인의 목소리가 들려왔다.

"여보, 나, 지금 부엌에 있어요. 여기서 5판만 뛰어요."

순간 강 영감은 우거지상이 되고 말았다.

뭐든지 지나치면

우리 마을 강 영감 부인은 어제 배가 하도 아파서 광혜병원 의사를 찾아갔다.

부인이 진찰결과를 알려달라고 하자, 의사가 말했다.

"십이지장이 탈이 났군요."

귀가 어두운 부인은 십이지장이란 말 가운데 뒷말은 못 듣고 앞말만 들었다.

부인이 집으로 돌아오니, 강 영감이 물었다.

"진찰결과는 나왔어?"

"예."

"그래, 의사가 뭐라카더노?"

"10이 탈이 났다카데예."

그 말을 듣자, 강 영감은 부인을 냅다 몰아붙였다.

"내, 그럴 줄 알았어. 그렇게 밝혀댔으니, 고놈의 10이 탈이 안 날 수가 있나?"

나이 들면 알게 돼

　우리 마을 강 영감이 하루는 6살짜리 외손자와 목욕을 하기
위해 미남탕에 갔다.

　강 영감의 고추가 축 늘어진 것을 본 외손자가 물었다.

　"할아버지."

　"왜?"

　"할아버지 고추는 왜 이렇게 축 늘어져 있어요?"

　강 영감은 망설임 없이 말했다.

　"야, 이놈의 자식아. 너도 커서 조개한테 30년 동안 물려봐라.
이렇게 안 되는가?"

생일케이크

강 영감은 부인의 생일을 맞이하여 생일케이크를 사러 국민은행 옆에 있는 파리바케트에 갔다.

강 영감은 제일 크고 화려한 케이크를 고른 다음, 주인에게 말했다.

"케이크에 문구를 좀 넣어주세요."

"뭐라고 적으면 되겠습니까?"

"당신은 늙지도 않는구려. 더 건강해지는 것 같소. 요렇게 적어주시오."

"알겠습니다."

주인은 케이크에 문구를 쓰려고 했다.

그러자 강 영감이 주인을 제지하며 말했다.

"아, 잠깐."

"왜요?"

"쓰기는 쓰되, 한 줄로 쓰지 마세요. 케이크 위에는 당신은 늙지도 않는구려, 밑에는 더 건강해지는 것 같소. 요렇게 두 줄로 써주시오. 아시겠습니까?"

아마는 코리다도 물구나무 서게 한다

"알겠습니다."

얼마 후 강 영감의 집에서는 생일파티가 시작되었고, 드디어 생일케이크에 불을 붙일 시간이 되었다.

강 영감의 딸이 케이크 상자를 풀자, 케이크 위에는 이런 문구가 적혀있었다.

"당신은 늙지도 않는구려. 밑에는 더 건강해지는 것 같소."

호의는 호의를 낳고
선행은 선행을 가져온다.
-에라스무스

여보 힘내세요

어제 저녁 우리 마을 한 아파트 뒤뜰에서는 희한한 일이 벌어졌다.

경비원 3명과 강 영감이 물이 가득 담긴 한 되들이 주전자를 각자 거시기에 걸어놓고 여러 사람들이 지켜보는 앞에서 경비반장이 심판을 보고 있었다.

시합내용은 누가 오래도록 거시기에 주전자를 달고 있는가 하는 것이었다.

시합에서 우승한 사람은 각자가 판돈 100만 원씩을 낸 상금 400만 원을 가져가는 큰 시합이었다.

이때 강 영감 부인이 시장을 보고 집으로 돌아가는 길에 그 광경을 보게 되었다.

구경꾼들로부터 시합내용을 전해들은 강 영감 부인이 남편을 보니, 강 영감의 거시기가 조금씩 아래로 처지고 있는 게 아닌가?

다급해진 부인은 얼른 치마를 걷어 올린 다음, 핑크빛 팬티를 내리고는 남편에게 말했다.

"여보, 이걸 보고 힘내세요."

그러자 경비 세 명의 거시기는 하늘로 치솟아 올라가는데, 정작 강 영감의 거시기는 도리어 쪼그라드는 게 아닌가?

그 통에 강 영감은 그만 주전자를 아래로 떨어뜨리고 말았다.

화가 난 강 영감은 부인에게 냅다 호통을 쳤다.

"야, 이 망할 놈의 여편네야. 세상에 자기 걸 보고 서는 놈이 어딨냔 말이야? 나이 60이 넘은 여자가 그런 간단한 이치도 몰라?"

아름다운 젊은이들은 우연한 자연현상이지만
아름다운 노년은 예술작품이다.
-엘레노어 루즈벨트

공주병

우리 마을 강 영감 부인은 나이 60이 넘었으면서도 미모와 몸매가 끝내주는 것으로 널리 알려져 있다.

어제 저녁 강 영감 부인이 저녁을 먹다가 느닷없이 강 영감에게 질문을 했다.

"여보, 나처럼 얼굴도 예쁘고 몸매도 죽여주고 살림도 잘하는 것을 사자성어로 뭐라고 하오?"

부인은 당연히 강 영감의 입에서 금상첨화라는 대답이 나오리라고 생각하고 있었다.

하지만 강 영감의 입에선 완전 엉뚱한 말이 나왔다.

"자화자찬."

부인은 허리를 비비 꼬며 말했다.

"아니, 그것 말고 있잖아요?"

"오, 참. 그렇구나. 과대망상."

"아니, 그것 말고 금자로 시작되는 말 있잖아요?"

그러자 강 영감은 무릎을 탁 치며 이렇게 말했다.

"금시초문."

강 영감과 강아지

그저께 강 영감은 제주도로 여행을 가는 길에 진도에서 진돗개 새끼 한 마리를 산 다음, 배를 타고 제주도로 갔다.

배를 이용하니 시간이 너무 많이 걸렸다.

강 영감은 올 때는 비행기를 이용해야겠다고 생각했다.

하지만 비행기에는 동물을 태울 수가 없었다.

이에 강 영감은 진돗개 새끼를 팬티 속에 넣고 코트로 앞을 가린 채 비행기를 탔다.

비행기가 이륙한 지 10분쯤 지나자, 강 영감은 창백한 얼굴로 눈을 감고 있었다.

이를 본 스튜어디스가 강 영감에게 다가와서 물었다.

"어르신, 어디가 불편하십니까?"

강 영감은 짤막하게 말했다.

"아..........아뇨. 멀미가 좀 있어서 그래요."

그로부터 다시 10분쯤 지났다.

그러자 강 영감은 온몸을 움찔거리면서 얼굴이 욹그락 푸르락 하며 어쩔 줄을 몰라 했다.

그러자 스튜어디스가 다시 다가와 물었다.

"어르신, 왜 그러십니까?"

강 영감은 이실직고할 수밖에 없다고 생각했다.

"사실은 내가 강아지를 팬티 속에 몰래 넣고 탔는데, 이놈이
아직 젖을 안 뗀 놈인가 봐요."

강 영감의 후회

강 영감은 어제 미남탕에서 목욕을 마친 후, 집으로 와서 긴 한숨을 쉬며 실의에 빠진 모습으로 부인에게 말을 했다.

"5천만 원만 있으면, 좋은 사업을 할 건수가 있는데.........."

그러자 부인이 조용히 다락으로 올라가더니, 항아리 하나를 가지고 내려왔다.

항아리 안에는 5천만 원의 돈이 들어있었다.

강 영감은 눈이 휘둥그레지며 물었다.

"이게 웬 돈이오?"

부인은 수줍어하며 말했다.

"이건 당신이 밤에 나를 한 번씩 즐겁게 해줄 때마다 1만 원씩 모아두었던 거예요."

그 말을 들은 강 영감은 기뻐하기는커녕 도리어 더욱 시무룩한 표정을 지으며 말했다.

"아이고, 어찌 이럴 수가 있나? 내가 바람만 안 피웠으면, 지금쯤 5억은 됐을 거 아냐?"

모의재판

어제 저녁 우리 마을 팔각정에서는 강 영감 부부의 황혼이혼 모의재판이 열렸다.

먼저 재판관이 강 영감에게 물었다.

"강 영감님, 이혼 사유가 뭡니까?"

강 영감이 답을 했다.

"결혼 전에는 마누라의 거시기 털이 매력적인 금발이라서 결혼을 하였는데, 지금은 그것이 지저분한 백발로 바뀌고 말았습니다. 이건 완전히 사기입니다."

그 순간 부인이 강 영감의 눈에다 골프공을 냅다 던졌다.

공에 맞은 강 영감의 눈두덩이 순식간에 부풀어 오르면서 퍼렇게 멍이 들고 말았다.

강 영감은 화가 나서 소리쳤다.

"당신, 지금 이게 뭐하는 짓이오?"

부인은 재판관을 향해 말했다.

"재판장님, 보셨지요? 이 쬐그만 공 하나에 맞고도 저렇게 눈탱이가 방탱이가 됐뿌는데, 제 거시기는 30년이 넘게 공 두 개로 두들겨 맞았으니, 어찌 온전할 수 있겠습니까?"

재판관은 부인의 말이 정당하다고 판단하고, 강 영감의 요구를 일언지하에 기각하고 말았다.

이로울 때만 친절을 베풀지 마라.
자기에게 이로울 때만 남에게 친절하고, 어질게 대하지 마라.
지혜로운 사람은 이해관계를 떠나
누구에게나 친절하고, 어진 마음으로 대한다.
왜냐하면 어진 마음 자체가 나에게 따스한 체온이 되기 때문이다.
-파스칼

★

chapter 04

김 사장의 일희일비

이벤트 김 사장의 실토

우리 마을 김 사장은 얼마 전 개그맨 이용식과 함께 행사를
마친 뒤 거나하게 술을 마신 뒤에 귀가했다.

김 사장이 아침에 눈을 떠보니, 침대 옆 탁자에 물 한 잔과 꿀
차 한 잔이 놓여있었다.

의자 위에는 잘 다림질된 옷이 놓여있었고, 집안은 깨끗이 청
소되어 있었다.

김 사장이 주방으로 가보니 식탁 위에 쪽지가 놓여있었다.

쪽지에는 이런 글자가 적혀있었다.

"여보, 아침 식사는 오븐 안에 있고요, 신문은 소파 위에 있어
요."

김 사장이 쪽지를 읽고 있으려니까, 딸아이가 다가왔다.

김 사장은 딸아이에게 지난밤에 무슨 일이 있었는지를 물었
다.

딸아이는 이렇게 답했다.

"지난밤에 아빠가 술에 잔뜩 취해서 새벽 3시쯤에 들어오셨는
데, 계단에서 비틀거리다가 엄마가 애지중지하는 꽃병을 깨뜨

렸어요."

그 말을 들은 김 사장은 갑자기 하늘이 노래왔다.

김 사장은 황급히 딸아이에게 물었다.

"그.........그..........그래서 그 다음엔 어떻게 됐어?"

딸아이는 이렇게 답했다.

"그 다음엔 카펫 위에다 속에 든 걸 몽땅 토하더니, 닫힌 문으로 달려가 쾅 하고 부딪혔어요. 그래서 아빠 얼굴에 멍이 든 거예요."

하지만 김 사장은 뭐가 뭔지 이해가 되지 않았다.

왜냐하면 자기가 그런 난리법석을 피웠다면, 아내가 꿀차와 집안 청소 같은 서비스를 해줄 까닭이 없었기 때문이다.

김 사장은 또다시 딸아이에게 물었다.

"그.........그래서 그 다음엔 어떻게 됐어?"

딸아이는 이렇게 말했다.

"엄마가 아빠를 침대로 끌고 가서 바지를 벗기려고 하니까, 아빠가 이런 말을 하시는 거예요."

"뭐, 뭐, 뭐라고 하든?"

"마담, 이러지 마세요. 난 유부남입니다."

처녀가 애를 배도

　우리 마을 지리산 약국에서는 여자에게 살짝 뿌리기만 하면 즉시 여자가 흥분되는 약을 판다는 소문이 나있다.

　그 소문을 들은 우리 마을 김 사장이 지리산 약국에 그 약을 사러갔다.

　김 사장이 지리산 약국에 가보니, 남자 약사는 없고 그의 아내가 남편 대신 약국 일을 보고 있었다.

　아내 약사에게서 약을 산 김 사장은 그 약을 시험해보고 싶은 나머지, 여자 약사에게 그 약을 살짝 뿌렸다.

　그러자 이게 웬일인가?

　여자 약사는 갑자기 눈이 게슴츠레해지면서 가쁜 숨을 몰아쉬더니, 김 사장을 침실로 끌어들이는 게 아닌가?

　김 사장은 속으로 쾌재를 불렀다.

　'이야, 이거 진짜 끝내주는 약이구면.'

　이렇게 김 사장이 여자 약사와 더불어 한창 천국에 올라가고 있는 중인데, 때마침 약국으로 돌아온 남자 약사에게 그 광경을 들키고 말았다.

남자 약사는 화가 날 대로 나서 아내를 다그쳤다.

"당신, 시방 이게 뭐하는 짓이여?"

그러자 아내는 태연하게 말했다.

"이건 모두 당신을 위해 그러는 거예요. 이 남자가 내게 약을 뿌렸을 때, 내가 아무런 반응을 보이지 않고 있어 봐요. 그러면 당신이 조제한 약이 가짜라는 게 금방 들통 나잖아요?"

좋은 친구가 생기기를 기다리는 것보다
스스로가 누군가의 친구가 되었을 때 행복하다.
-버틀란드 러셀

김 사장의 호언

　이벤트 사업을 하는 김 사장이 추석을 맞이하여 고향인 충청
도에 가기 위해 허심청에서 목욕을 하고 정문을 나오려니까, 웬
노숙자 하나가 만원만 달라고 구걸을 했다.

　김 사장은 지갑에서 만원을 꺼내들고 노숙자에게 물었다.

　"내가 이 돈을 주면 뭘 하시려오? 술을 마시려오?"

　"아닙니다. 저는 오래 전에 술을 끊었습니다."

　"그럼 이 돈으로 도박을 하시려오?"

　"저는 도박 같은 건 할 줄 모릅니다. 먹고 살기도 힘든 판에
어찌 감히 도박을 하겠습니까?"

　"그럼 이 돈으로 여자를 만나려오?"

　"무슨 말씀을.......... 저는 영도다리가 안 들린 지 20년도 넘
었어요."

　"그럼 이 돈으로 골프를 치시려오?"

　"그건 또 무슨 말씀입니까? 저는 골프채를 마지막으로 잡아
본 지가 15년이나 됐습니다."

　"됐소. 그럼 우리 집에 가서 나랑 저녁이나 먹읍시다."

그 말에 노숙자는 깜짝 놀라며 말했다.

"예? 그럼 사모님께서 화를 내지 않을까요?"

김 사장은 태연하게 말했다.

"아무 문제도 없어요. 나는 마누라에게 술과 도박, 여자, 골프를 끊어버리면 어떤 꼴이 되는지를 똑똑히 보여줄 작정이오."

미래는 일하는 사람의 것이다.
권력과 명예도 일하는 사람에게 주어진다.
게으름뱅이의 손에 누가 권력이나 명예를 안겨주겠는가.
-힐티

뛰는 놈과 나는 놈

이벤트 김 사장은 여자라면 자다가도 벌떡 일어날 정도로 여자를 밝히는 남자다.

어제 저녁 김 사장은 친구들과 해운대에서 취토록 술을 마시고 C호텔에 들어가서 프런트 안내원에게 막 싱글 룸을 부탁하려고 하는 찰나에 섹시하게 생긴 아가씨 하나를 발견했다.

얼마 후 김 사장은 그 아가씨와 팔짱을 끼고 웃으며 돌아와서 안내원에게 말했다.

"아, 여기서 내 와이프를 만났구먼요. 더블 룸으로 부탁해요."

그날 밤 김 사장은 아가씨와 뜨거운 밤을 보냈다.

다음 날 아침에 김 사장이 눈을 떠보니, 아가씨는 어디론가 사라지고 없었다.

김 사장이 호텔비를 계산하기 위해 안내 데스크로 갔더니, 계산서에는 무려 1,000만 원이라고 적혀있는 게 아닌가?

김 사장은 직원에게 따졌다.

"아니, 이게 뭐요? 나는 여기서 하룻밤밖에 안 잤는데, 1,000만 원이라니?"

유머는 고래라도 춤추나무 시계 한다

그러자 호텔 직원은 이렇게 말했다.

"사장님께서는 하룻밤만 주무셨지만, 사모님께서는 3주가 넘게 숙박을 하셨거든요."

chapter 05

★

여자들은 알면 안 돼

죽여주는 술집

오늘 아침 이벤트 김 사장은 회사에 출근을 했는데도 어제 마신 술이 깨지 않았다.

옆 자리에 있던 부하 직원이 물었다.

"아니, 사장님. 어디서 얼마나 술을 마셨기에 아직도 술 냄새가 나나요?"

김 사장이 말했다.

"응, 어젯밤에 아주 죽여주는 술집에서 한 잔 펐어.

손님은 나 하나뿐인데, 여자는 세 명이나 있었지.

게다가 술도 공짜고, 여자들은 서로 자기가 술을 따르겠다고 아옹다옹했다고.

어디 그뿐인가? 술 다 푸고 난 뒤엔 그 중에 선녀 하나와 동침까지 공짜로 했단 말이야."

부하 직원이 놀라워하며 물었다.

"예? 아니, 거기가 어딘데요? 제발 좀 가르쳐주세요. 제가 한 잔 살게요."

그러자 김 사장은 느긋하게 말했다.

"어디긴 어디야? 우리 집이지. 나 마누라하고 딸 둘하고 살걸랑."

리더는 강한 영향력을 지닌 낙관주의자여야 한다.
청중의 정신을 고양시키고 자신감을 심어줄 수 있다면
그 사람은 리더인 것이다.
-몽고메리 장군

'○' 발음을 못하는 제자

옛날 중국에 공자가 살고 있을 때 이야기다.

공자에게는 '○' 받침 발음을 못하는 제자가 있었다.

어느 날.

공자는 그 제자에게 꽁치를 사오라고 시켰다.

생선 집에 간 제자는 주인에게 이렇게 말했다.

"아저씨, 꼬치 좀 주세요."

주인은 그 제자가 평소 '○' 받침 발음을 잘 못한다는 사실을
알고 있었기 때문에, 이렇게 물었다.

"꼬치가 아니고 꽁치지?"

제자는 답을 했다.

"예."

주인은 다시 말했다.

"그런데 이걸 어떻게 가져갈 거니?"

제자가 말했다.

"보지에 넣어주세요."

그 말에 주인은 크게 화가 났다.

"이놈아. 너, 이 심부름 누가 시켰어?"

제자가 말했다.

"고자가요."

그런데 그 제자가 꽁치를 봉지에 넣어 공자의 사무실로 가져가다가 넘어지는 바람에 꽁치가 엉망이 되어 다시 그 생선 가게로 갔다.

주인이 물었다.

"생선이 왜 이 모양이니?"

제자는 이렇게 말했다.

"아저씨가 허름한 보지에 꼬치를 넣어주어서 넘어져갖고 보지가 다 째져서 꼬치가 다 부러졌잖아요?"

오만한 사람에게는 자기 가치의 절대적인 높이만이 중요하며,
허영심이 많은 사람에게는 자기 가치의 상대적인 높이만이 중요하다.
-게오르그 짐멜

남편 칠거지악

어느 날 정부는 여성들만 칠거지악이 있으면 불공평하다면서 남편들의 칠거지악도 법률로 제정하여 공표한다는 뉴스가 동래 시보에 게재되었다.

내용인즉슨 다음과 같았다.

(1) 불순구고거(不順舅姑去); 남편이 장인 장모에게 불효하면 아내는 남편에게 재산의 반만 주고 내쫓을 수 있다.

(2) 무자거(無子去); 남편 때문에 자식이 생기지 않는다면, 아내는 바람을 피워서 임신할 권리가 있다. 이에 남편이 이의를 제기할 시는 아내가 재산의 반을 주고 남편을 내쫓을 수 있다.

(3) 음행거(淫行去); 아내는 남편의 허락이 없이도 채팅을 하거나 바람을 피울 수 있으나, 남편은 아내 몰래 채팅을 하거나 바람을 피우다 들키면 아내는 재산의 반 중에서 위자료를 뺀 나머지 금액만 주고 남편을 내쫓을 수 있다. 이 경우 물론 옷은 몽땅 벗겨서 내쫓는다.

(4) 투거(妬去); 남편은 아내가 바람을 피운다고 질투를 해서는 안 된다. 그럼에도 계속 질투를 할 시는 아내는 재산의 반을

주고 남편을 내쫓을 수 있다. 이때 위자료는 한 푼도 주지 않아도 된다.

(5) 악질거(惡疾去); 음주나 흡연 등으로 건강을 해친 남편이 정력 감퇴 등으로 아내를 즐겁게 해주지 못했을 시에는 남편은 군말 없이 재산의 반과 위자료와 살던 집을 아내에게 주고 집을 나가야 한다.

(6) 구설거(口舌去); 여자는 수다스러운 것이 자연스러운 것이나 남자는 말이 많으면 안 된다. 고로 남편은 어떠한 경우에도 처가 식구들의 흉을 봐서는 안 된다. 만약 남편이 그럴 경우 남편은 재산의 반만 받고 쫓겨나도 이의를 제기할 수 없다.

(7) 도거(盜去); 아내는 남편의 비상금을 뒤질 권리가 있으나 남편은 아내의 비상금에 손을 대서는 안 된다. 도벽이 있는 남편은 아내로부터 재산의 반만 받고 쫓겨나도 항의할 수 없다.

여자의 종류

(1) 변심한 여자;

변비로 심하게 고통 받는 여자

(2) 아까운 여자;

조금 전에 운 여자

(3) 고고한 여자;

못 먹어도 고를 외치는 여자

(4) 창피한 여자;

다방에 가면 꼭 창이 없는 구석에만 앉는 여자

(5) 통 큰 여자;

간 큰 남자와 만나기만 하면 꼭 간통사건이 생기는 여자

사자성어 공부

(1) 명실상부; 소문과 똑같이 거시기가 큰 남자

(2) 유명무실; 소문과 달리 거시기가 작은 남자

(3) 금상첨화; 거시기도 큰데다 얼굴도 잘생긴 남자

(4) 설상가상; 거시기도 작고 얼굴도 못생긴 남자

진정으로 용기 있는 사람만이 겸손할 수 있다.
겸손은 자기를 낮추는 것이 아니라 오히려 자기를 세우는 것이다.
-브하그완

살 송곳

조선조 가사문학의 대가인 송강 정철이 기생 진옥과 더불어 술을 마시며 시조 한 수를 읊었다.

"그대는 옥 중에 가짜 옥인 줄 알았더니

이제 보니 옥 중에 진짜 옥이로구나

나에게 살로 만든 송곳이 있으니

진옥을 살 송곳으로 뚫어볼까 하노라."

그러자 진옥이 이렇게 화답했다.

"정철님 철이 연철인 줄 알았는데

정말 정철이네요.

나에게 풀무가 있으니

뜨겁게 달구어서 녹여볼까 하노라."

맹자와 순자의 후계자들

(1) 성 개방설; 주자

(2) 성 문란설; 눕자

(3) 성 노출설; 벗자

(4) 성 권유설; 하자

(5) 성 억제설; 참자

(6) 성 불구설; 고자

(7) 성 유희설; 놀자

(8) 성 세탁설; 빨자

(9) 성 공격설; 박자

(10) 성 후퇴설; 빼자

놀라운 기계

　우리 마을에는 소시지 만드는 공장이 하나 있는데, 그 공장 사장에게는 외동아들이 있다.

　녀석은 주색잡기 외에는 잘하는 일이 없는데다 몸은 돼지처럼 뚱뚱하고 매사에 느림보다.

　사장은 나이는 먹어가고 기력도 점점 떨어지는 것 같아서, 어느 날 아들을 불러다 말을 했다.

　"너도 알다시피 나는 이제 나이가 들어 공장을 경영하기가 어렵구나. 그러니 이제부터는 네가 나를 대신해서 공장 경영을 해야겠다."

　사장은 아들을 공장으로 데려가서 여러 가지 기계를 보여주며 자상하게 설명을 했다.

　"이 기계는 돼지를 잡는 기계고, 이 기계는 소시지를 만드는 기계고, 이 기계는 포장하는 기계고, 그리고 이 기계는 우리 회사에서 제일 중요한 최신식 전자동 기계다. 이 기계는 돼지를 넣으면 곧장 소시지가 되어 나오는 최신식 기계야."

　아들은 아버지의 설명을 듣는 둥 마는 둥 하다가, 느닷없이 아버지에게 질문을 했다.

"아버지."

"왜?"

"물어볼 게 하나 있어요."

"그래? 뭔데?"

"소시지를 넣으면 자동으로 돼지가 나오는 기계는 없어요?"

아버지는 한참 생각하다가 말했다.

"있지."

"어디 있어요?"

"바로 너거 엄마다."

어제는 역사이다. 내일은 미스테리이다. 오늘은 선물(gift)이다.
그래서 선물(present)이라 불린다.
-엘레노어 루즈벨트

남존여비와 여필종부

(1) 남존여비; 남자가 존재하는 이유는 여자의 비위를 맞추기 위해서다.

(2) 남존여비; 남자가 존재하는 이유는 여자를 밤새도록 비명 지르도록 만들기 위해서다.

(3) 남존여비; 남자가 존재하는 이유는 여자가 쓰는 모든 비용을 대기 위해서다.

(4) 남존여비; 남자가 존재하는 이유는 여자 앞에서 비실비실 몸을 굽히기 위해서다.

(5) 여필종부; 여자는 필히 종부세(從婦稅)를 내는 남자를 만나야 한다.

호기심

우리 마을 한 부잣집에 8살짜리 아이가 있었다.

아이는 매사에 호기심이 많았다.

어느 날 낮잠을 자던 아이 엄마가 잠시 거실로 나와 보니, 아이가 열심히 샤워실을 엿보고 있는 게 아닌가?

엄마는 아이가 뭘 보나 싶어서 살짝 들여다봤더니, 하느님 맙소사, 이게 웬일인가?

아이는 가정부가 샤워하는 것을 훔쳐보고 있는 게 아닌가?

엄마는 급히 아이를 자신의 방으로 데리고 가서 그런 짓을 하면 안 된다고 말했다.

하지만 아이는 야단을 맞으면서도 궁금증을 참을 수가 없었다.

"엄마."

"왜?"

"가정부 누나 다리 사이에 까만 게 있던데, 그게 뭐야?"

당황한 엄마는 엉겁결에 말했다.

"으응, 그..........그건 말이야..........치..........칫솔이야."

그 말을 들은 아이는 고개를 끄덕이며 말했다.

"아하, 그랬구나. 그래서 아빠가 매일 가정부 누나 칫솔로 양치질을 하는구나."

누가 진짜 땡초냐고

어제 저녁 철마면 연구리에 있는 보림사라는 사찰 옆에서 젊은 남승과 아리따운 여승이 만나자마자 눈길이 마주쳤다.

남승은 뻣뻣해진 자신의 방망이를 꺼내들고 여승에게 말했다.

"아이구, 아이구, 나 좀 살려주시우."

그걸 본 여승이 남승에게 물었다.

"어디가 불편해서 그러십니까?"

남승이 말했다.

"예, 갑자기 몸이 아파 그럽니다."

여승은 남승이 꺼내든 방망이를 보며 물었다.

"그런데 이 뻣뻣하고 붉으죽죽한 것은 무엇인지요?"

남승은 반갑다는 듯 말했다.

"예, 이것이 바로 모든 비구니 스님들이 좋아하는 고구마랍니다."

"그럼 요것 때문에 몸이 아픈 건가요?"

"예. 그렇습니다."

"어머나, 그래요? 저는 이해가 잘 안 되는군요."

"이 고구마는 귀한 냄비에 넣어 푹 삶아야 하는데, 거의 십년이 넘게 한 번도 제대로 삶은 적이 없기 때문에 이렇게 잔뜩 성이 나 있는 겁니다."

"아이, 저런. 불쌍하기도 해라. 저에게라도 냄비가 있으면 꺼내놓으련만, 그럴 수도 없고, 어쩌면 좋죠?"

남승은 옳다구나 하며 말했다.

"아닙니다, 스님. 지금 스님께서는 누구보다 귀한 냄비를 갖고 계십니다."

"어머나, 그래요? 하지만 제게는 그런 냄비가 없는걸요."

"아이고, 스님. 제발 저를 불쌍히 여기셔서 스님의 냄비를 한 번만 빌려주십시오."

"제가 빌려드릴 수만 있다면, 왜 못 빌려드리겠습니까? 죄송하지만 제게는 그런 냄비가 없다고요."

"그렇다면 스님. 여기 좀 누워보시겠습니까?"

남승이 도포를 펼쳐놓자, 여승은 도포 위에 벌렁 드러누웠다.

남승은 여승에게 말했다.

"그럼 지금부터 제가 스님의 냄비를 열어볼게요."

"그래요? 좋아요. 어디 한 번 열어보세요."

남승은 여승의 옷자락을 풀어헤쳤다.

이윽고 여승의 허벅지가 드러나자, 남승은 수풀에 휩싸인 여승의 아름다운 동굴을 가리키며 말했다.

"이것이 이 세상에서 가장 아름다운 냄비랍니다."

"그래요? 그럼 이제부터 당신의 고구마를 이 안에 넣어서 삶을 작정인가요?"

남승은 고개를 끄덕이며 염불을 외기 시작했다.

"도로 도로 도로 고구마 타불. 도로 도로 도로 고구마 타불. 도로 도로 도로 고구마 타불."

남승은 염불을 하며 서서히 고구마를 삶기 시작했다.

여승도 남승의 염불에 질세라 함께 염불을 외기 시작했다.

"도로 도로 도로 냄비 타불. 도로 도로 도로 냄비 타불. 도로 도로 도로 냄비 타불."

이윽고 남승은 고구마 삶기가 끝나자, 냄비에서 고구마를 꺼내려고 했다.

그러자 여승이 황급히 말했다.

"아니 되옵니다, 스님. 아직 덜 삶겼어요. 고구마가 다 삶기려면, 아직, 아직, 아직 멀었다고요, 스님."

남승은 여승을 보며 물었다.

"그래요? 그럼 얼마나 더 있어야 다 삶길까요?"

그러자 여승은 숨을 헐떡이며 말했다.

"내..........내...........내일 아침이나 돼야 되겠는걸요."

세상에 어찌 이럴 수가

이 S.Y.K.의 고향 마을에 금실 좋은 부부가 살고 있었다.

부인은 늘 자기만을 사랑하고 다른 여자에게는 눈길 한 번 주지 않는 남편을 자랑스러워했다.

그런데 그런 남편이 자전거를 타고 장에 가던 도중에 그만 교통사고를 당해 죽고 말았다.

부인은 몇 날 며칠을 곡을 하며 슬픔에 잠겼다.

"아이고, 아이고, 여보. 날러는 어찌 살라고 혼자만 저 세상으로 간 거요? 아이고, 아이고, 차라리 나도 당신 따라 저 세상으로 가는 게 낫겠소."

혼자 살기가 막막해진 부인은 마침내 저승으로 남편을 찾아 나섰다.

그곳에는 세 개의 방이 있었다.

(1) 장미방; 결혼 후 단 한 번도 바람을 피우지 않고 오로지 부인과 가정만을 위해 살아온 사람이 들어가는 방.

(2) 백합방; 가끔 바람을 피우기는 했어도 크게 사고치지 않은 사람이 들어가는 방.

(3) 안개방; 부인 몰래 수없이 바람을 피우고 여자만 보면 사족을 못 쓰는 사람이 들어가는 방.

부인은 자기 남편이 당연히 장미방에 있으리라고 생각했다.

한데 부인이 장미방 문을 열어보니, 그 안에는 아무도 없는 게 아닌가?

이상하게 생각한 부인은 백합방 문을 열었다.

한데 백합방에는 단 세 명의 남자만 있었다.

부인의 남편은 전혀 보이지 않았다.

부인은 마지막으로 안개방 문을 살며시 열어보았다.

그 속에는 별별 남자들이 빼곡하게 들어차 있었다.

부인의 남편은 그 속에 있었는데, 더욱 가관인 것은 남편의 오른쪽 팔에는 군기반장이라는 완장까지 채워져 있다는 사실이었다.

군기반장은 지장보살이 지옥을 몽땅 비울 때, 맨 마지막까지 지옥에 남아 감시를 해야 하는 직책이었으니, 벼슬이라기보다는 중벌을 받고 있는 중이라고 해야 옳은 것이었다.

그것을 안 부인은 그 길로 까무러치고 말았다.

부추의 별칭

예로부터 부추는 남성들의 정력을 증진시켜주는 식물로 널리 알려져 왔다.

그러다 보니 부추는 여러 가지 별칭이 있다.

첫째, 부추는 부부 간의 정을 오래도록 유지시켜준다고 하여 정구지(精久持)라고도 하며,

둘째, 신장을 따뜻하게 하고 생식기능을 좋게 한다고 하여 온신고정(溫腎固精)이라고도 하며,

셋째, 남자의 양기를 북돋워준다고 하여 기양초(起陽草)라고도 하며,

넷째, 과부집 담장을 넘을 정도로 힘이 생긴다 하여 월담초[越墻草]라고도 하며,

다섯째, 운우지정을 나누면 초가삼간이 무너진다고 하여 파옥초(破屋草)라고도 하며

여섯째, 장복하면 오줌 줄기가 벽을 뚫는다 하여 파벽초(破壁草)라고도 한다.

봄 부추는 인삼 녹용과도 바꾸지 않는다는 말과 부추 씻은 첫

물은 아들에겐 안 주고 사위에게 준다는 말이 있다.

이는 첫 부추를 아들에게 주면 좋아할 사람이 며느리이다 보니, 차라리 사위에게 먹여 딸이 좋도록 하겠다는 의미가 담겨있다고 할 것이다.

또한 봄 부추 한 단은 피 한 방울보다 낫고 부부 사이가 좋으면 집을 허물고 부추를 심는다는 옛말도 있다.

그러니 강호제현 여러분들께서도 부추 많이 드시고 거시기에 힘 좀 팍팍 쓰시기를.............

당신을 핸들하려면 머리를 써라.
다른 사람들을 핸들하려거든 심장을 써라.
-엘레노어 루즈벨트

소주가 여자보다 더 좋은 점

첫째, 내가 사랑하고 싶은 만큼 사랑할 수 있다.

둘째, 내가 원하면 언제든지 내 곁에 있다.

셋째, 거짓말을 아니 한다.

넷째, 배신하지 아니 한다.

다섯째, 내가 힘들 때 말없이 내 옆에서 나를 위로해준다.

여섯째, 함께 있으면 언제나 즐겁다.

일곱째, 때로는 나를 힘들게도 하지만, 나를 기쁘게 해줄 때가 훨씬 더 많다.

여덟째, 잊고 싶은 기억을 언제라도 잊게 해준다.

아홉째, 미안해하지 않아도 된다.

열 번째, 눈물겨운 일이 있을 때, 실컷 울게 해준다.

이러니 소주야말로 얼마나 고마운 존재인가?

권배사 한 컷.

해당화!

해: 해가 갈수록

당: 당당하고
화: 화려하게.

흔히 사람들은 기회를 기다리고 있지만,
기회는 기다리는 사람에게 잡히지 않는다.
우리는 기회를 기다리는 사람이 되기 전에
기회를 얻을 수 있는 실력을 갖춰야 한다.
일에 더 열중하는 사람이 되어야 한다.
-도산 안창호

골프 싱글

우리 마을에 이제 갓 골프를 시작한 남자 하나가 있었다.

남자는 3년 안에 싱글을 치겠다는 목표를 세운 다음, 레슨도 받고 연습도 열심히 했다.

드디어 3년이 지난 어느 날.

남자는 필드에 나갔다.

17번 홀까지는 모든 게 순조로웠다.

이제 남은 건 마지막 18번 홀뿐이었다.

이번 홀만 잘 치면 드디어 꿈에 그리던 싱글이 되는 것이다.

티박스에 올라선 남자는 어디서 본 것은 있었던지 잔디를 한 웅큼 뜯어서 바람에 날렸다.

그러자 갑자기 눈앞에서 번갯불이 번쩍하며 앙칼진 마누라의 고함소리가 들려왔다.

"자면 곱게 자지, 왜 남의 거시기 털을 뽑고 지랄이야?"

송백 다방에서

내 고향 산내면에서 제일 번화가라 할 수 있는 송백마을 모 다방에서 있었던 일이다.

그때 이 S.Y.K.는 벌초를 마치고 술을 좀 마신 뒤라, 눈이라 도 좀 붙여볼까 해서 다방 안으로 들어갔다.

한데 당시만 해도 지금처럼 CD가 보편화되어있지 않았기 때 문에, 다방에서는 레코드판을 돌리고 있었다.

그때 레코드판에서는 한창 노사연의 만남이란 노래가 흘러나 오고 있었다.

"돌아보지 마라. 후회하지 마라. 아, 바보 같은 눈물……"

그런데 한창 잘 돌아가던 레코드판이 갑자기 이상한 증세를 보이기 시작했다.

"돌아보지 마라."라는 노래 대목에서, 어찌된 셈인지 레코드 판은 "돌아"와 "마라."는 빼먹고, 계속해서, "보지……보지…… 보지……보지……"란 대목만 연발하는 것이었다.

다방에 있던 남자 손님들은 그냥 웃고 넘어갔지만, 여자 손님 들은 얼굴이 빨개져서 밖으로 뛰쳐나가버리는 것이었다.

이를 본 다방 마담이 황급히 레지에게 말했다.

"김 양아, 거, 보지 좀 빨리 안 끌래?"

좀 자세히 말해봐

어제 저녁 우리 마을 팔각정에서는 신혼여행을 다녀온 강쇠와 옹녀가 친구들로부터 질문공세를 받고 있었다.

한 친구가 강쇠에게 이렇게 물었다.

"첫날밤 이바구를 자세하게 해봐."

"좋아. 다음날 아침에……"

"아침 말고, 첫날밤 이바구를 해보란 말이야."

"아니, 내 이바구를 끝까지 들어보라니까…… 다음날 아침이 돼서, 각시가 이러더라고."

"응, 뭐라고 하든?"

"저기, 여보. 나, 화장실에 다녀오고 싶으니까, 이걸 잠시만 뽑아주실래요? 라고 하더구먼. 이제 됐어?"

누가 누굴 욕하는 거야

우리 마을 한 귀부인이 이틀 동안 친정에 다녀왔다.

집에 오니, 꼬마 아들이 엄마를 반기며 말을 했다.

"엄마, 내가 어제 엄마 방 옷장 안에서 놀고 있었는데, 아빠가 옆집 아줌마랑 들어오더니, 옷을 다 벗고는 함께 누워 막 뒹굴더라."

엄마는 잔뜩 부어올라 말했다.

"그만해. 이따가 아빠가 들어오시면, 아빠 앞에서 지금 한 말을 그대로 해야 돼. 알았지?"

"응."

저녁이 되자, 남편이 돌아왔다.

부인은 짐을 꾸리면서 남편에게 말했다.

"나, 지금 집을 떠나야겠어요. 당신, 위자료나 충분히 준비하고 있는 게 좋을 거예요."

남편은 당황해서 말했다.

"아니, 당신 왜…… 왜…… 왜 그래?"

부인은 아들을 불렀다.

"얘야, 아까 엄마에게 한 말을 다시 해보렴."

꼬마 아들은 이렇게 말했다.

"응, 내가 어제 엄마 옷장 안에서 놀고 있었는데, 아빠가 옆집 아줌마랑 들어오더니, 옷을 다 벗고 함께 누워서, 엄마가 우유 배달부 아저씨랑 하는 것처럼 막 뒹굴었어."

중대사를 결정할 때에는 내 생각이 100% 확고하더라도
부하들에게 다양한 정보를 연구하게 한다.
여러 사람의 생각을 모으면
만에 하나 발생할 수 있는 실수를 막을 수 있기 때문이다.
그들의 의견을 듣고 나면 실수할 가능성이 거의 없다.
특히 의견이 거의 일치하면 실수할 확률이 절대적으로 줄어든다.
-아시아 최고의 부자 리자청

비장의 무기

어저께 부산은행 범일동 본점에 은행장인 S가 자기의 여비서와 함께 VIP고객인 중동의 어느 왕족을 모시고 은행 이곳저곳을 안내하게 되었다.

한데 여비서의 미모에 혹한 중동의 왕족은 즉석에서 여비서에게 청혼을 하였다.

여비서는 크게 당황하였지만, 상대가 어떤 말을 하든 거절해서는 안 된다는 은행장의 지시가 있었기 때문에, 위기에서 벗어날 묘안을 찾고 있었다.

이윽고 여비서가 말을 했다.

"좋아요. 그 대신 세 가지 조건이 있어요."

"좋소. 어떤 조건인지 말씀해보시오."

"첫째, 결혼반지는 100캐럿이 넘는 다이아몬드라야 합니다."

"그거야 하나도 어려울 게 없소. 그보다 훨씬 더 큰 걸 사줄 테니, 조금도 염려하지 마시오."

여비서는 약간 놀라며 말했다.

"둘째는 강남에다 방이 100개가 넘는 초호화 맨션을 지어주시고, 프랑스에 고성 하나를 별장으로 준비해주셔야 해요."

중동의 왕족은 약간 난처한 기색을 보이더니, 휴대폰으로 여기서기 통화를 하고나더니 말을 했다.

"좋소. 그렇게 해드리지요."

여비서는 무척 놀라는 표정을 하더니 다시금 말을 했다.

"좋아요. 마지막 세 번째는 저는 남자의 거시기 길이가 정확히 30cm라야만 해요. 절대로 그 이상도 그 이하도 안 된다고요."

순간 중동의 왕족은 곤혹스러운 표정을 지었다.

그것을 본 여비서가 물었다.

"왜요? 사이즈가 짧으신가 보죠?"

"그게 아니라.........."

"그게 아니라뇨?"

중동의 왕족은 이렇게 말했다.

"아니, 그렇게 하려면 내 거시기를 20cm나 잘라내야 하기 때문이오."

용서할 수 없는 남자

눈이 단추 구멍만큼 작은 남자는 용서할 수 있어도, 여자만 보면 눈이 당구공처럼 커지는 남자는 용서할 수 없다.

과거 있는 남자는 용서할 수 있어도, 미래 없는 남자는 용서할 수 없다.

귀 뚫은 남자는 용서할 수 있어도, 귀가 막힌 남자는 용서할 수 없다.

머리카락 없는 남자는 용서할 수 있어도, 머리에 든 것 없는 남자는 용서할 수 없다.

나를 사랑하지 않는 남자는 용서할 수 있어도, 거짓으로 사랑 고백을 하는 남자는 용서할 수 없다.

밥 많이 먹는 남자는 용서할 수 있어도, 반찬 투정하는 남자는 용서할 수 없다.

외박하고 온 남자는 용서할 수 있어도, 속옷을 뒤집어 입고 온 남자는 용서할 수 없다.

썰렁한 유머를 구사하는 남자는 용서할 수 있어도, 욕설과 음담만을 일삼는 남자는 용서할 수 없다.

권배사 한 컷.

앗싸, 가오 리!

가: 가슴 속에

오: 오래 기억되는

리: 리더가 되자!

20세 때 보수주의자이면 열정이 없는 것이고,
40세 때 자유주의자이면 두뇌가 없는 것이다.
-윈스턴 처칠

그놈의 이름 땜에

어제 남구에 있는 어느 대학에서 교수가 강의를 하고 있었다.

강의 도중에 김철수 학생과 박은년 학생이 졸고 있었다.

화가 난 교수는 소리를 질렀다.

"김철수하고 박은년, 앞으로 나와."

그러자 영자, 순자, 영희, 은년이 등등, 30여 명이 우르르 뛰어나오는 게 아닌가?

교수는 황당한 나머지 이렇게 말을 했다.

"아니, 그럼 너희들이 모두 동서지간이란 말이냐?"

여자 쌍곡선

있을 때 미칠 것 같은 여자보다는 없을 때 미칠 것 같은 여자가 더 좋다.

완벽한 여자보다는 뭔가 챙겨주고 싶은 그래서 약간은 부족한 듯한 여자가 더 좋다.

밥을 무식하게 먹으며 화장으로 마무리하는 여자보다는 이빨에 고춧가루가 끼어도 밥을 깨끗하게 먹는 여자가 더 좋다.

변화를 무서워하는 여자보다는 변화를 즐기는 여자가 더 좋다.

자기밖에 모르는 여자보다는 남부터 챙겨줄 줄 아는 여자가 더 좋다.

눈치 보며 이성을 만나는 여자보다는 떳떳하게 이성을 만나는 여자가 더 좋다.

한 번 삐치면 오랫동안 삐치는 여자보다는 바보 같이 금세 잊고 웃어주는 여자가 더 좋다.

순종적인 여자보다는 가끔은 자기 의견을 낼 줄 아는 여자가 더 좋다.

질투를 벗 삼는 여자보다는 애교 섞인 질투를 보이는 여자가 더 좋다.

고정관념으로 살아가는 여자보다는 가끔은 엉뚱한 면이 있는 여자가 더 좋다.

누가 봐도 아름다운 여자보다는 내 눈에 아름다운 여자가 더 좋다.

은혜에 보답할 때에는 저울질을 해서는 안 된다.
하나를 받았더라도 백으로 갚아야 한다.
-예수회 선교사 방적아

남이 하면 불륜, 내가 하면 로맨스

남의 딸이 애인이 많으면 행실이 가벼워서이고, 내 딸이 애인이 많으면 사교성이 뛰어나서이다.

남이 자식의 학교를 자주 찾는 것은 치맛바람 때문이고, 내가 자식의 학교를 자주 찾는 것은 교육열이 높은 때문이다.

며느리에게는 시집을 왔으니 이 집 풍속을 따라야 한다고 하고, 딸에게는 시집을 가도 자기 생활을 가져야 한다고 한다.

며느리가 친정 부모한테 용돈을 주는 것은 남편 몰래 돈을 빼돌리는 것이고, 딸이 친정 부모한테 용돈을 주는 것은 길러준 데 대한 보답이다.

며느리한테는 무조건 남편에게 복종해야 한다고 하고, 딸은 남편을 휘어잡아야 한다고 일러준다.

며느리가 부부싸움을 하면 여자가 참아야 한다고 하고, 딸이 부부싸움을 하면 아무리 남편이라도 따질 것은 따져야 한다고 말해준다.

남의 아들이 웅변대회에 나가서 상을 받으면 나눠먹기식으로 주는 상을 어쩌다 받은 것이고, 내 아들이 웅변대회에 나가서 상을 받으면 실력이 뛰어나기 때문이다.

남이 자식을 관대하게 키우면 문제아를 만드는 것이고, 내가 자식을 관대하게 키우면 기를 살려주는 것이다.

남의 자식이 어른한테 대드는 것은 버릇없이 키운 탓이고, 내 자식이 어른한테 대드는 것은 자기주장이 뚜렷해서이다.

남이 내 아이를 나무라는 것은 히스테리를 부리는 것이고, 내가 남의 아이를 꾸짖는 것은 어른으로서 타이르는 것이다.

이렇게 사람마다 살아온 토양이 다른데, 어떻게 모든 사람의 입장이 똑같기를 바랄 수 있겠는가?

이 사실을 서로가 인정하기만 한다면, 우리의 인생살이는 훨씬 더 쉽게 풀어지지 않을까?

반드시 이겨야 하는 건 아니지만, 진실할 필요는 있다.
반드시 성공해야 하는 건 아니지만,
소신을 가지고 살아야 할 필요는 있다.
-에이브러햄 링컨

술과 사랑의 차이

　주거니 받거니 허물을 깨는 것은 술이요, 주어도 받아도 그리움이 쌓이는 것은 사랑이다.

　손으로 마시는 것은 술이요, 가슴으로 마시는 것은 사랑이다.

　아무에게나 줄 수 있는 것은 술이요, 한 사람에게만 줄 수 있는 것은 사랑이다.

　마음대로 마시는 것은 술이요, 내 뜻대로 안 되는 것은 사랑이다.

　입맛이 설레는 것은 술이요, 가슴이 설레는 것은 사랑이다.

　주린 허기를 채우는 것은 술이요, 텅 빈 마음을 채우는 것은 사랑이다.

　머리를 아프게 하는 것은 술이요, 마음을 아프게 하는 것은 사랑이다.

　잠을 청하게 하는 것은 술이요, 잠을 빼앗는 것은 사랑이다.

　속절없이 지나간 억겁의 세월.

　불혹을 넘기고 지천명이 되어도 마디마디 그 시절 추억이 너무나도 그립구나.

내조의 힘

어제 저녁 우리 마을 한 주점에서 비즈니스로 대성한 어떤 남자가 술자리에서 아내에게 질문을 하였다.

"나는 지금까지 한 번도 바람을 피운 적이 없소. 당신은 어떻소?"

아내는 고개를 숙이고 아무런 말이 없었다.

남자는 아내에게 독촉을 했다.

"괜찮소. 모든 건 이미 지나간 과거지사가 아니오?"

아내는 한참을 생각하더니 드디어 입을 열었다.

"당신이 젊었을 때, 해고를 당할 뻔한 일이 있었죠?"

그러자 남자가 아내의 말을 가로막으며 말했다.

"아, 알고 있지. 그때 상사와 정을 통하고 나를 구해줬지."

아내는 고개를 숙이고 가만히 있었다.

남자는 아내에게 또다시 질문을 했다.

"또 다른 일은 없소?"

그러자 아내가 말했다.

"당신이 병원에 입원했을 때, 수술비가 없어서, 당신이 죽을 뻔한 적이 있었잖아요?"

남자는 또다시 아내의 말을 가로막으며 말했다.

"응, 그때는 병원장과 정을 통하고 나를 실려주었지."

남자는 또다시 아내에게 물었다.

"이제 더 이상은 없겠지?"

아내는 한참을 망설이더니, 이렇게 말했다.

"임원회의에서 당신을 사장으로 임명했을 때, 몇 표가 부족했
는지 아세요?"

남자는 고개를 갸웃거리며 말했다.

"그게 무슨 말이오?"

아내는 남자를 빤히 쳐다보며 말했다.

"그때 부족한 표는 무려 30표나 됐다고요. 그때 제가 아니었
으면, 무슨 수로 당신이 사장이 됐겠어요?"

은밀한 대화

어느 날 영국 수상의 영부인과 프랑스, 미국의 대통령 영부인이 한 자리에 모여 격의 없는 대화를 나누고 있었다.

맨 처음 얘기를 꺼낸 사람은 영국 수상의 영부인이었다.

"호호, 이런 얘기하기는 좀 뭣하지만, 나는 우리 남편의 거시기를 영국신사라고 정의하고 싶어요. 왜냐하면 숙녀만 보면 반드시 벌떡 일어나거든요."

그러자 프랑스 대통령 영부인이 말했다.

"나는 우리 남편의 거시기를 커튼이라고 하고 싶어요. 왜냐하면 항상 아래로 축 쳐져 있거든요."

마지막으로 미국 대통령 영부인이 말했다.

"나는 우리 남편의 거시기를 유언비어라고 하고 싶어요."

영국 영부인과 프랑스 영부인이 그 까닭을 묻자, 미국 영부인은 이렇게 답을 했다.

"우리 남편의 거시기는 입에서 입으로 전해지기 때문이죠."

유머는 고기라도 물구나무 서게 한다

자기 자랑

어제 저녁 나는 금정산 도솔사에 물을 길으러 갔다가 희한한 광경을 목도했다.

내가 차 한 잔을 얻어 마시려고 주지실에 들러보니, 거기에는 목사와 신부, 스님 셋이서 서로 자기 거시기 자랑을 하고 있었다.

맨 먼저 목사가 말을 했다.

"나는 하루에 세 번씩 거시기가 불뚝불뚝 선다오."

그러자 신부가 그 말을 받아쳤다.

"나는 하루에 다섯 번씩 거시기가 선다오."

마지막으로 도솔사 주지 스님이 말을 했다.

"나는 한 달에 한번 꼴로 거시기가 선다오."

목사와 신부는 그것도 물건이냐고 깔깔대며 웃었다.

그러자 스님은 이렇게 말했다.

"대신 나는 한번 섰다 하면 보통 30일씩 간다오."

여5 보5의 비밀

요즘은 군대에서 면회를 신청할 때 간단하게 신분증만 제시하면 그만이지만, 이 S.Y.K.가 군대생활을 할 때만 해도 면회신청서 용지라는 게 별도로 있었다.

거기에는 이름, 주소, 주민등록번호, 관계 등을 다 적어 넣어야 했다.

그 무렵 내 고향 마을에 살던 순이가 군대 간 애인을 면회하러간 적이 있었다.

순이는 면회신청서를 받아들고 일사천리로 적어내려 가다가 그만 마지막 관계란에서 손길이 딱 멈추고 말았다.

순이는 그 난을 보는 순간 얼굴이 빨개지고 말았다.

'어머나, 부끄럽게 이런 것도 다 물어보나?'

순이는 위병소 군인에게 물었다.

"이 칸 이거, 안 쓰면 안 돼요?"

위병소 군인이 말했다.

"무조건 다 써야 면회가 됩니다."

순이는 하는 수 없이 조그만 글씨로 이렇게 썼다.

"했음."

순이가 면회신청서를 제출하자, 위병소 군인은 버럭 화를 내며 말했다.

"이렇게 애매하게 쓰면 안 됩니다. 자세하게 쓰세요."

더욱 더 얼굴이 빨개진 순이는 한참을 망설이던 끝에 이렇게 고쳐 썼다.

"여5 보5"

그러자 이를 본 위병소 군인은 아까보다 더 화를 내며 말을 했다.

"여5 보5라니? 도대체 이게 뭡니까?"

순이는 속으로 아니꼽고 더럽다는 생각이 들었지만, 하는 수 없이 얘기를 했다.

"여인숙에서 다섯 번, 보리밭에서 다섯 번. 이제 됐수?"

지혜로운 까치

어느 날 금정산 까치가 해운대 친구 까치에게 맛좋은 홍시를 대접하려고 금정산으로 초청을 했다.

해운대 까치가 홍시를 먹으려고 입으로 콕콕 쪼아대니, 홍시가 모조리 땅에 떨어져 먹을 수가 없었다.

배를 쫄쫄 곯고 온 해운대 까치가 이번에는 금정산 친구 까치에게 맛있는 조개를 대접하기 위해 해운대로 초청을 했다.

해변 가에 입을 쩍쩍 벌리고 있는 조개를 본 금정산 까치가 살그머니 주둥이를 조개에게 갖다 대는 순간, 갑자기 조개가 입을 다물더니 3일 동안이나 놓아주지를 않았다.

배를 쫄쫄 곯은 금정산 까치가 집으로 돌아가다 보니, 웬 아낙네 하나가 나무 밑에서 팬티도 입지 않고, 치마를 걷어 올린 채 낮잠을 자고 있었다.

그것을 본 금정산 까치가 픽 웃으며 말했다.

"내가 한 번 속았으면 됐지, 또 속을라고? 흥, 내가 주둥이를 갖다 대면 또 콱콱 물라고 그러제?"

세 남자의 소원

예쁜 여자를 만나면 3년이 행복하고, 착한 여자를 만나면 30년이 행복하고, 지혜로운 여자를 만나면 3대가 행복하다는 말이 있다.

하지만 무엇이든 지나치면 화를 부르는 법이다.

무슨 얘기냐고?

일단 아래 얘기부터 들어보라.

어저께 광혜병원 장례식장에서 세 남자가 이승을 하직하고 천상으로 올라갔다.

세 남자가 옥황상제를 알현하니, 옥황상제는 무슨 소원이든 다 들어줄 테니 한 가지 소원만 말하라고 했다.

첫 번째 남자는 생전에 돈에 한이 맺힌 사람이라 다음 생에서는 부자가 되게 해달라고 빌었다.

옥황상제는 그가 원하는 대로 해주었다.

두 번째 남자는 권력에 한이 맺힌 사람이라 다음 생에서는 권력자가 되게 해달라고 빌었다.

옥황상제는 그가 원하는 대로 해주었다.

세 번째 남자는 평생 한 번도 여자를 접해보지 못하고 살아온 게 한스러워 다음 생에서는 자기 마음에 드는 여자를 만나게 해 달라고 빌었다.

옥황상제가 그에게 물었다.

"여자도 여자 나름인데, 너는 어떤 여자를 원하느냐?"

남자는 이렇게 말했다.

"예, 첫째로 남편의 마음을 편하게 해주는 여자. 둘째로 날이 새기 전에 일어나 가족의 음식을 따뜻하게 준비하며, 꾸준하고 성실하게 가정을 꾸리는 부지런한 여자. 셋째로 입을 열기만 하면 향기로운 말이 흘러나오는 기품 있는 여자. 넷째로 남편의 성공을 위해 내조를 잘하는 능력 있는 여자. 다섯째로 낮에는 현모양처지만 밤만 되면 요부로 변하는 매력 만점의 여자. 이런 조건을 갖춘 여자를 만나게 해주십시오."

그러자 옥황상제는 언성을 높이며 말했다.

"야, 이놈아. 그런 여자가 있으면 내가 하지, 뭘 한다고 네게 주냐?"

소시지의 종류

첫째, 냉장고 같은 소시지; 체구에 비해 기능이 단순하다.

둘째, 다리미 같은 소시지; 금방 뜨거워지고 금방 식는다.

셋째, 커피포트 같은 소시지; 성능이 좋으면 2분이면 끝난다.

넷째, 전자레인지 같은 소시지; 남의 사정도 모르고, 속만 태운다.

다섯째, 식기 세척기 같은 소시지; 정작 오목한 그릇은 제대로 못 닦는다.

여섯째, 세탁기 같은 소시지; 눌러만 주면, 처음부터 끝까지 알아서 해준다.

여자들이 좋아하는 소시지는 이 가운데 어떤 소시지일까유?

선녀의 유형

　신형은 옷을 입을 때 어떻게 하면 살이 많이 보일까를 생각하지만, 구형은 어떻게 하면 살을 감출까를 생각한다.

　신형은 사랑을 받고 싶어 사랑을 찾지만, 구형은 사랑을 하고 싶어 사랑을 찾는다.

　신형은 마음이 괴로우면 하얗게 밤을 새지만, 구형은 그냥 누워 잔다.

　신형은 힘들수록 소심해지지만, 구형은 힘들수록 강해진다.

　신형은 눈물로 울지만, 구형은 가슴으로 운다.

놀부와 마누라

그저께 흥부 부부가 성지곡 수원지를 지나 금정산으로 올라가는 도중에 흥부 아내가 발이 미끄러져 그만 성지곡 수원지에 빠지고 말았다.

흥부가 울고 있으려니, 물속에서 산신령이 젊고 아리따운 여인을 데리고 나오며 흥부에게 물었다.

"이 여인이 네 마누라냐?"

흥부가 아니라고 하자, 산신령은 다시 물속으로 들어가더니, 이번에는 로마의 휴일에 나오는 오드리 헵번보다 더 젊고 아름다운 여인을 데리고 나와 흥부에게 물었다.

"그럼 이 여인이 네 마누라냐?"

흥부가 아니라고 하자, 산신령은 다시 물속으로 들어가더니, 이번에는 쬐그맣고 못생긴 진짜 흥부 마누라를 데리고 나와 흥부에게 물었다.

"그럼 이 여인이 네 마누라냐?"

흥부는 감격하며 말했다.

"그렇습니다, 산신령님. 바로 이 사람이 제 마누라입니다."

흥부가 아내를 데리고 가려하자, 산신령이 말했다.

"이거 봐라, 흥부야. 필요하면 이 두 여인도 함께 데리고 가도록 하려무나."

그러자 흥부는 고개를 저으며 말했다.

"아니옵니다, 산신령님. 저는 마누라 하나면 족합니다."

집으로 돌아온 흥부는 성지곡 수원지에서 있었던 일을 놀부에게 얘기했다.

그 말을 들은 놀부는 이튿날 날이 새자마자, 마누라와 함께 성지곡 수원지로 갔다.

두 사람이 수원지 가에 이르자, 놀부는 실수하는 척하고 마누라를 떠밀어 물속에 빠뜨렸다.

놀부는 산신령이 예쁜 여자를 데리고 나오기만을 기다렸다.

하지만 아무리 기다려도 산신령은 나타나지 않았다.

한참 뒤.

갑자기 변강쇠 같은 건장한 사내 하나가 물속에서 불쑥 솟아 나오더니, 허리띠를 매면서 말을 했다.

"키야, 오랜만에 회포를 풀었네 그려."

그러자 그 뒤를 이어 놀부 마누라가 물속에서 나와, 치마끈을 매면서 말했다.

"여보, 우리, 이 수원지에 자주 놀러 와요, 네?"

말은 정확하게 들어야

평소 유머를 잘 구사하기로 유명한 우리 마을 김 선녀의 사무실에서 있었던 이야기다.

하루는 바람둥이로 소문난 남자 직원 하나가 통화를 하는데, 통화 내용이 하도 이상해서 가만히 귀를 기울이고 있었더니, 남자 직원은 이런 말을 주고받는 것이었다.

"누님, 박을 수 있어요?"

"예? 박을 수가 없다고요? 그럼 언제 박을 수가 있나요?"

"예? 저녁 10시나 돼야 박을 수 있다고요?"

"알겠습니다. 그럼 저녁에 박을 수가 있을 때, 다시 전화할게요."

전화를 끊은 남자 직원은 메모지에 뭔가를 적어 책상 위에 엎어놓고 잠깐 자리를 비웠다.

김 선녀는 궁금한 나머지 남자 직원의 책상으로 가서 메모지를 보았더니, 거기에는 이렇게 적혀있었다.

"박을수 과장 출타 중. 밤 10시쯤 귀가 예정."

chapter 06
★
반짝 유머

귀가 어두우면

이 S.Y.K.에게는 미국으로 시집간 팔촌 여동생 하나가 있다. 이름은 말자다.

며칠 전 고향 마을에 있는 말자네 집에 전화가 걸려왔다.

"아버지, 저, 말자예요."

"응, 말자네? 니, 미국 가서 잘 살고 있제?"

"예, 아버지. 한데 며칠 뒤가 아버지 팔순인데, 제가 못 갈 것 같네요."

"아니, 와? 니 애비 팔순인데, 당연히 와야제? 난 니가 보고 싶어 죽겠는데............"

"제 남편 조지가 아파서요."

"머시라? 니 남편 조지 아프다꼬? 하이고, 와 하필이몬 거기가 아프다냐?"

"아뇨, 아버지. 제 남편 조지 부라운이 아프다고요."

"머시여? 니 남편 조지 뿌라졌다꼬? 아니, 하고많은 데를 다 놔두고 와 하필이몬 그게 뿌라지냐?"

그러면서 말자의 아버지는 이렇게 말했다.

"허허, 미제라꼬 다 좋은 거는 아닌가벼. 내 꺼는 80년이 되도록 요렇게 까딱없는데 말이여."

여자들이 싫어하는 남자의 유형

(1) 영구; 영원히 9cm

(2) 용팔이; 용을 써도 8cm

(3) 땡칠이; 땡겨도 땡겨도 7cm

(4) 세륙이; 세게 빨아 봐도 6cm

(5) 삼족오; 삼삼하게 족쳐 봐도 5cm

(6) 신주사; 신나게 주물러도 4cm

(7) 영삼이; 영글어봤자 3cm

(8) 둘리; 둘레를 아무리 재어 봐도 2cm

(9) 정일; 정확하게 1cm

파(波)가 다르다

우리나라 대통령 중에 김대중, 노무현 두 대통령이 저승의 염라대왕이 주최한 파티에 초대를 받아 갔다. 헌데 거기에는 여자 탤런트들도 초청되어왔다.

두 대통령이 한참 술잔을 들며 수다를 떠는 도중에 댄스파티가 시작되었다.

그때 노무현 대통령이 최진실의 손을 잡고 춤을 추기 시작했다.

김대중 대통령도 최진실과 춤을 추고 싶었지만, 이미 노무현 대통령이 먼저 최진실을 차지하고 있다 보니 하는 수 없이 옆에 서있던 여운계와 춤을 추게 되었다.

댄스가 끝나고 두 대통령이 화장실에서 만나게 되었다.

김대중 대통령은 섭섭하다는 듯 노무현 대통령에게 말했다.

"그래도 내가 선임잔데, 나에게 먼저 선택권을 줬어야 했던 것 아니오?"

그러자 노무현 대통령은 씩 웃으며 말했다.

"선배님, 그건 파가 달라서 안 됩니다."

김대중 대통령은 의아해하며 물었다.

"아니, 파가 다르다니? 그게 무슨 말이당가? 당신과 나는 똑같이 진보세력 아닌가?"

그 말에 노무현 대통령은 이렇게 말했다.

"저는 지금 정치적 계파를 말하는 게 아니라, 저승에 온 계파를 말하고 있는 겁니다. 저와 진실이는 자살파(自殺波)인데 반해 선배님과 여운계 씨는 노환 때문에 죽은 병사파(病死波)가 아닙니까?"

행복은 목표가 아니다. 그것은 잘 산 삶의 부산물이다.
-엘레노어 루즈벨트

사투리를 너무 모르면

지난 주 일요일, 나는 밀양 산내면에 있는 조상님 산소에 벌초를 하러 갔다.

한데 그날은 사람만 벌초하러 온 게 아니라, 서울 참새들도 산내면 참새들의 초청을 받아 놀러를 왔다.

참새 친구들끼리 전깃줄에 앉아 한창 신나게 재잘거리며 놀고 있었는데, 포수가 총을 쏘려 했다.

그러자 산내면 참새 한 마리가 얼른 소리쳤다.

"모두 수구리!"

경상도 참새들은 모두 고개를 숙였지만, 서울 참새들은 무슨 말인지 몰라 고개를 들고 있다가 그만 포수의 총에 맞고 말았다.

병원에서 치료를 받고 간신히 살아난 서울 참새는 다음에는 절대로 포수의 총에 맞지 않겠다고 "수구리"란 산내면 말을 달달 외었다.

하지만 서울 참새는 친구 참새들과 전깃줄에 앉아 아까처럼 재잘거리고 있다가 또다시 포수의 총에 맞고 말았다.

그럼 이번에 산내면 참새가 외친 말은 무엇이었을까?

정답은?

"아까메꾸로!"

겁이 많은 아빠

어제 저녁 우리 마을 팔각정에선 두 아이가 서로 자기 아빠가 더 겁쟁이라고 입씨름을 벌였다.

첫 번째 아이는 이렇게 말했다.

"우리 아빠는 얼마나 겁이 많은지, 번개만 쳤다 하면 침대 밑으로 숨는다고."

그러자 두 번째 아이가 말했다.

"그건 아무 것도 아냐. 우리 아빠는 얼마나 겁이 많은지, 엄마만 밖에 나갔다 하면 꼭 옆집 아줌마 품에 안겨 잠을 잔다고."

육체의 신음소리

당신 앞에 벗겨진 제 알몸은 아무런 움직임조차도 할 수가 없습니다.

당신이 행복한 미소를 지으며, 제 몸을 이리저리 뒤척일 때, 저는 아무런 소리도 낼 수가 없습니다.

아무 것도 걸치지 않은 나를 살포시 어루만지듯 여기저기 뜨겁게 만질 때, 나는 그저 온 몸이 타는 듯한 신음소리만 낼 뿐, 그 뜨거운 고통을 참아야만 했습니다.

당신의 부드러운 손놀림에 내 몸 구석구석이 뜨겁게 달구어질 때, 내 육신은 기름이 흐르듯, 끈적거리는 액체로 흠뻑 젖었습니다.

이런 나를 내려다보는 당신의 그윽한 눈빛에 나는 그저 하나 둘 하얗게 부서지는 액체로서 가느다란 신음소리만 토해낼 뿐입니다.

더 이상 타들어가는 나를 참을 수가 없을 때, 당신은 당신의 그 입으로 나를 부드럽게 애무하고 잘근잘근 깨물면서, 마침내는 당신의 혀로 나를 애무하며 입 안으로 삼킬 때, 나는 살이 타

오르는 듯한 느낌에 눈물이 나리만큼 황홀했습니다.

당신은 이런 나를 보고 그 맛을 느끼면서, 더없이 행복해했습니다.

당신이 나를 삼킬 때, 나는 아무런 저항조차 못한 채, 당신을 소중하게 받아들였으며, 우리는 비로소 한 몸이 되었습니다.

우리는 그렇게 너무나도 아름답게, 서로를 너무나도 애절하게 느꼈습니다.

나는 정말 당신을 사랑하는 것일까요?

아니면 당신만이 나를 사랑하는 것일까요?

　　　– 불판 위에서 익어가는 어느 돼지고기의 독백

교만한 자는 자기 자신에게 욕하는 사람이다.
그는 자신의 잔, 자신의 나팔, 자신의 조상을 욕보이는 사람이다.
–윌리엄 세익스피어

천당 갈래 지옥 갈래

우리 마을에 술도 좋아하고 여자도 좋아하고 놀기도 좋아하는 놀부 영감이 죽었다.

놀부 영감은 죽으면서도 걱정이 됐다.

'나는 틀림없이 지옥으로 갈 텐데, 이걸 어떡하나?'

놀부 영감은 죽어서 저승으로 갔다.

거기에 가보니, 석가여래가 문 앞에 서 있더니, 놀부 영감에게 이렇게 묻는 것이었다.

"자네, 천당 갈래, 지옥 갈래?"

놀부 영감은 이게 웬 떡이냐 싶어서 부처님에게 말했다.

"아니, 어떻게 이런 것도 다 물어본단 말이오? 그러면 부처님. 이왕이면 제게 한 번 더 자비를 베푸시어, 천당과 지옥 두 군데를 구경 좀 하게 해주십시오."

부처님은 그리하라고 했다.

놀부 영감은 천당부터 가보았다.

그곳에는 흰옷을 입은 신도와 천사들이 모두 모여 부처님을 찬양하고 모든 영광을 부처님께 돌리고 있었다.

놀부 영감이 그 뒤에 좀 앉아있어 보니, 따분하기만 한 게 영 마음에 들지 않았다.

그래서 놀부 영감은 이번에는 지옥으로 가봤다.

놀부 영감이 지옥으로 가보니, 거기에는 카지노도 있고, 술집 도 있고, 마를린 몬노 뺨치는 미녀들도 많고, 신나게 춤을 추는 곳도 있는 게 마음에 쏙 들었다.

놀부 영감은 부처님에게 자기의 결심한 바를 밝혔다.

"부처님, 저는 아무래도 지옥 체질 같습니다. 저를 지옥으로 보내주십시오."

부처님은 놀부 영감의 소원대로 놀부 영감을 지옥으로 보내 주었다.

그런데 놀부 영감이 막상 지옥으로 가보니, 지난번에 왔을 때 와는 달리 카지노도 술집도 미녀들도 없이 뜨거운 불기가 뿜어 져 나오는 탄광굴만 계속 이어져 있는 게 아닌가?

게다가 머리에 뿔이 솟은 흉측한 자들이 채찍을 휘두르며, 자 기에게 힘든 채광 일을 하라고 하는 게 아닌가?

놀부 영감은 안내인에게 따졌다.

"이건 뭐가 틀리지 않습니까? 제가 지난번에 왔던 데는 여기 가 아니란 말입니다. 지난번에는 카지노도 있고, 술집도 있고, 미녀들도 수두룩하게 있었단 말이에요."

그러자 안내인은 이렇게 말했다.

"그때는 관광비자로 왔던 것이고, 지금은 영주권으로 온 거란 말이오."

꼭 필요한 것

나이가 들어가면서 남자에게 꼭 필요한 다섯 가지가 있다.

첫째는 마누라요, 둘째는 아내이며, 셋째는 아이 엄마이며, 넷째는 집사람이며, 다섯째는 와이프이다.

말이 되는 건지, 안 되는 건지…………

네 허락 없이 아무도 너를 열등하게 느끼도록 만들 수는 없다.
-엘레노어 루즈벨트

쥐들의 거드름

어느 날 우리 마을에서 주먹 꽤나 쓰는 쥐 세 마리가 팔각정 아래 모여, 누가 더 터프한가를 놓고 입씨름을 벌였다.

첫 번째 쥐가 위스키 한 잔을 단숨에 비우고 팔각정 바닥을 탁탁탁 내리치며 말했다.

"나는 말이야, 쥐덫을 보면, 거기서 댄스를 추고 나서 미끼로 쓰인 생선을 물고 유유히 사라진다고. 알간?"

그러자 두 번째 쥐가 소주 한 병을 원샷으로 마신 후, 소주병을 머리에 박치기해서 깨부수며 가소롭다는 듯이 말했다.

"나는 말이야, 쥐약을 수집하는 괴상한 취미를 갖고 있지. 나는 쥐약을 보이는 대로 가루로 만들어 모닝커피에 넣어 마셔야 개운하거든............"

그러자 마지막 세 번째 쥐가 하품을 하며 말했다.

"에, 또, 나는 말이야, 너희들하고 이렇게 노닥거릴 시간이 없어. 나는 오늘 밤 고양이 왕초하고 뜨거운 밤을 보내기로 했걸랑."

유머는 코끼리도 물구나무 서게 한다

인간 차별

어느 날 유비, 관우, 장비가 롯데시네마에 영화를 보러 갔다.

매표소로 표를 사러간 사람은 관우였다.

한데 잠시 후 매표소 쪽이 시끌벅적해지더니, 사람들이 웅성거리기 시작했다.

유비와 장비는 사람들을 헤치고 매표소로 달려갔다.

유비와 장비가 매표소에 와보니, 관우가 매표소 직원의 멱살을 움켜쥔 채 고함을 지르고 있었다.

유비와 장비는 관우에게 자초지종을 물었다.

그러자 관우는 아직도 분이 풀리지 않는다는 듯 씩씩거리며 말했다.

"짜식이 말이야, 우리는 안 되고 조조만 할인이 된다잖아."

메뚜기와 하루살이의 결투

어제 부산 교외 들판에서 메뚜기가 앞에서 얼쩡거리며 길을 방해하던 하루살이의 엉덩이를 걷어찼다.

그러자 하루살이는 300마리나 되는 친구들을 데리고 와서 곧장 메뚜기를 포위했다.

메뚜기가 벌벌 떨고 있는 것을 본 하루살이 왕초가 메뚜기를 향해 말을 했다.

"너, 메뚜기 이놈. 죽기 전에 마지막 소원이 있으면 말해봐."

그러자 메뚜기는 이렇게 말했다.

"내일 싸우자."

정치라는 건 말이야

우리 마을 팔각정에는 별별 사람들이 다 모여든다.

어제 저녁 팔각정에는 한 중년신사가 어린 아들을 데리고 왔다.

이야기 도중에 누군가가 정치란 말을 하자, 아들이 아빠에게 물었다.

"아빠, 정치가 뭐예요?"

아빠는 이렇게 답했다.

"정치란 말이다. 우리 가족을 예로 들어보면, 먼저 아빠는 돈을 벌어 와서 우리 가족을 먹여 살리니까 자본가라고 할 수 있고, 다음으로 엄마는 집에서 아빠가 벌어온 돈을 관리하니까 정부라고 할 수 있지. 이렇게 엄마와 아빠는 오로지 너희들을 위해 존재하는 사람인 거야. 그러니까 너는 국민이라 할 수 있어. 그리고 우리 집에서 일을 해주는 가정부는 노동자 계층이 되는 것이고, 아직 기저귀를 차고 있는 네 동생은 우리 집의 미래라고 할 수 있는 것이란다."

아들은 무슨 말인지 정확히 알아들을 수는 없었지만, 우선은 그런 정도로 넘어가기로 했다.

그날 밤 아들은 기저귀에 실례를 한 동생이 너무나 크게 울어 대는 바람에 그만 잠에서 깨어났다.

아들은 안방 문을 두드렸지만, 엄마는 너무나 깊은 잠에 빠진 나머지, 아들이 아무리 문을 두드려도 잠에서 깨어날 생각조차 않고 있었다.

아들은 할 수 없이 가정부의 방으로 가서 문을 두드렸다.

하지만 그 안에서 한창 재미를 보고 있던 아빠와 가정부는 아들이야 문을 두드리든 말든 자기네 할 일만 할 뿐이었다.

아들은 하는 수 없이 자기 방으로 돌아가 잠을 청했다.

다음날 아침 아빠가 아들에게 물었다.

"애야, 정치가 무언지 간밤에 생각 좀 해봤니?"

그러자 아들은 이렇게 말했다.

"예, 이제 대충 알겠어요. 정치란 자본가가 노동자를 농락하는 동안, 정부는 계속 잠만 자고, 국민은 완전히 무시당하며, 미래는 똥으로 뒤범벅이 되는 것이라고 생각돼요."

화살을 잘못 쏘면 되돌아온다

우리 마을 광혜병원 뒤에는 어여쁜 선녀들이 호객행위를 하는 주점들이 많이 있다.

어제 저녁 엄마와 어린 딸이 택시를 타고 그 부근을 지나가다가 어린 딸이 선녀들이 너도나도 주점 밖으로 나와 호객행위를 하고 있는 광경을 목도했다.

딸이 엄마에게 물었다.

"엄마, 저 언니들은 짧은 치마 입고 저기서 뭘 하는 거야?"

엄마가 말했다.

"응, 저거? 친구를 기다리는 거란다."

그러자 택시기사가 촐싹맞게 끼어들며 말했다.

"아줌마, 창녀라고 바르게 말해야지, 왜 거짓말을 해요?"

그러자 딸이 다시 엄마에게 물었다.

"엄마, 창녀가 뭐야?"

엄마는 택시기사를 째려보고 난 다음, 어쩔 수 없이 딸에게 창녀가 뭔지 설명을 해주었다.

그러자 딸이 또다시 엄마에게 물었다.

"엄마, 그럼 저 언니들도 아기를 낳아?"
엄마가 말했다.
"응, 아주 가끔 그럴 때도 있단다."
딸이 또 물었다.
"그럼 그 아기들은 어떻게 돼?"
엄마는 이렇게 답을 했다.
"응, 그 아기들은 커서 대부분 택시기사가 된단다."

강한 사람이란 자기를 억누를 수 있는 사람과
적을 벗으로 바꿀 수 있는 사람이다.
-탈무드

유머는 교세라도 물구나무 서게 한다

날강도보다 더한 놈

어저께 금정산 중턱에서 다람쥐 두 마리가 거울 양식을 준비하기 위해 숲속을 거닐고 있었다.

때마침 앞에 가던 다람쥐가 도토리 하나를 발견하고 주우려하자, 뒤에 오던 다람쥐가 재빠르게 도토리를 주우며 말했다.

"이건 내 거야."

앞의 다람쥐가 항의를 했다.

"야, 그건 내 거야. 내가 먼저 발견했잖아?"

뒤의 다람쥐는 코웃음을 쳤다.

"웃기지 마. 먼저 본 건 너지만, 먼저 주운 건 나야. 이거 왜이래?"

결판이 나지 않자, 다람쥐들은 마침 그곳에 산책을 나온 변호사에게 판결을 내려달라고 했다.

자초지종을 들은 변호사는 다람쥐에게 도토리를 달라고 하더니, 두 조각을 냈다.

그리고는 다람쥐들에게는 도토리 껍질 반개씩을 나누어주며말했다.

"싸울 게 뭐 있냐? 이렇게 하면 되지."

다람쥐들은 어이가 없어 물었다.

"알맹이는요?"

변호사는 이렇게 말했다.

"그거야 내 법률 상담료 아닌가?"

어떤 보답

어느 등산가가 등산을 하다가 길을 잃어버렸다.

해는 저물고 갑자기 눈보라까지 쳐서, 등산가는 이제 죽었구나 하고 생각했다.

그때 저 멀리 희미한 불빛이 보였다.

등산가가 그리로 가보니, 그곳은 조그만 초가집이었다.

등산가는 초가집에 이르자마자 탈진하여 쓰러졌다.

얼마 후 등산가는 눈을 떴다.

앞에는 웬 할머니 하나가 자신을 간호하고 있었다.

할머니가 등산가를 보며 말했다. "이제 정신이 좀 드는가?"

등산가는 몸을 일으키며 말했다.

"할머니, 정말 죄송합니다. 이렇게 폐를 끼치게 돼서..........."

할머니는 등산가를 도로 자리에 눕게 하며 말했다.

"아니야. 푹 쉬도록 해. 눈보라가 멎지 않으면, 그때까지는 여기에 머물러야 한다네."

할머니는 가난했지만, 겨울 양식을 꺼내 등산가와 함께 일주

일을 보냈다.

그동안 할머니는 등산가를 아들처럼 대해주었다.

드디어 눈보라가 멎고 등산가는 무사히 하산할 수가 있었다.

등산가는 생명의 은인인 할머니에게 어떻게 보답할까를 생각했다.

등산가가 할머니의 집을 보니, 낡고 오래된 데다 문에는 온통 구멍이 쑹쑹 뚫려있어 차가운 바람이 들어오고 있었다.

'그래. 이런 생명의 은인을 소홀히 대접할 수야 없지. 할머니가 따뜻한 집에서 풍족하게 살 수 있도록 해줘야지.'

등산가는 사실 대기업체의 회장이었다.

등산가는 하산하는 날, 백지수표를 꺼내 5천만 원의 액수를 적어 봉투에 넣어 할머니에게 주며 말했다.

"할머니, 이제 이것이면 겨울을 따뜻하게 보내실 수 있을 것입니다."

등산가는 흐뭇한 마음으로 산을 내려갔다.

얼마 후 등산가는, 지난번에 혼자 등산했다가 봉변을 당할 뻔한 일을 생각하고, 이번에는 부하직원 네 명을 데리고 또다시 그곳으로 등산을 했다.

등산가는 하산하면서 할머니가 어떻게 지내는지 궁금했다.

등산가는 할머니의 초가집을 찾아갔다.

그런데 초가집 문을 여는 순간, 등산가는 기겁할 듯 놀랐다.

등산가가 방 안을 보니, 거기에는 할머니가 추위를 못 이겨 얼어 죽어있는 게 아닌가?

'이런, 난 분명히 그때 5천만 원이나 되는 거액의 돈을 드렸는데..........'

등산가는 얼른 방 안으로 들어가 봤다.

등산가는 문에 발린 종이를 보았다.

그랬더니 이게 웬일인가?

자기가 할머니에게 준 편지봉투와 수표는 문풍지가 되어 있는 게 아닌가?

등산가는 손바닥으로 자기의 이마를 탁 쳤다.

"아차차, 내가 생각이 짧았구나. 할머니가 수표가 뭔지를 모를 수 있다는 걸 왜 생각지 못했을까?"

등산가는 자기의 경솔함에 땅을 치며 후회하였으나 모든 일은 이미 엎질러진 물이었다.

공부를 그만두는 사람은 스무 살이든 여든 살이든 늙은 것이다.
공부를 계속하는 사람은 스무 살이든 여든 살이든 젊다.
-헨리 포드

중국집 아들

중국집 아들이 시험을 치르고 오자, 아빠가 물었다.

"오늘 시험 친 것 몇 점 받았니?"

아들이 말했다.

"한 개만 빼고 다 맞았어요."

"그래? 무슨 문제를 틀렸는데?"

"보통의 반대가 뭐냐는 문제였어요."

"크게 어렵지 않은 문제인데? 그래, 넌 뭐라고 썼니?"

그러자 아들은 이렇게 말했다.

"곱빼기요."

담배와 대마초의 차이

어젯밤 이 S.Y.K.는 꿈속에서 대통령을 만나 평소 마음속에 품고 있던 질문을 했다.

"각하, 여쭈어보고 싶은 게 있습니다."

"아, 그래요? 뭘 묻고 싶으십니까?"

"담배와 대마초는 둘 다 인체에 해로운 건데, 어찌해서 담배는 그냥 두면서, 대마초는 불법이라고 단속을 합니까? 저는 담배와 대마초의 차이를 알 수가 없습니다."

대통령은 대수롭지 않다는 듯 말했다.

"그건 아주 간단한 거요."

"어떻게요?"

"만약에 말씀이오, 내가 담배를 피운다고 해봅시다. 아마 내게는 아무런 일도 일어나지 않을 거요. 그런데 내가 대마초를 피운다는 걸 국민들이 알 게 된다면, 어떻게 되겠소? 나는 당장 이 자리에서 물러나야 할 게 아니오?"

chapter 07
★
평범 속의 진리

시냇물이 소리를 내는 이유

머칠 전 일요일.

나는 가족들과 함께 고향인 밀양 얼음골에 야외소풍을 갔다.

때가 마침 휴가철이다 보니, 얼음골은 전국 각지에서 모여든 사람들로 인산인해를 이루고 있었지만, 나는 더없이 즐거운 하루를 보낼 수 있었다.

이유는 하나.

얼음골엔 폭염이 내리쬐고 사람들은 얼음골 전체를 뒤덮고 있었지만, 얼음골 계곡은 휴지 하나 담배꽁초 하나 발견하지 못할 정도로 깨끗했다.

나는 우리나라 사람들의 시민의식이 과거에 비해 몰라볼 정도로 성숙되어 있다는 것이 너무나 흐뭇하게 느껴졌다.

우리가 사는 세상에는 나쁜 사람도 있지만, 착하고 훌륭한 사람도 많다.

얼음골 계곡에도 날카롭고 위험한 돌이 있는 반면에, 반들반들하게 보기 좋고 아름다운 돌들도 많다.

얼음골 계곡물이 아름다운 소리를 내는 것은 그러한 다양한 돌들이 있기 때문이 아닐까?

계곡에 있는 날카로운 돌들은 시냇물의 흐름에 의해 서서히 반들반들한 돌로 바뀌어간다.

우리가 사는 세상 역시 지난날 나쁜 습성을 가진 사람들이 사회가 진보함에 따라 어느 새인지도 모르게 착하고 훌륭한 사람으로 진일보한다.

내가 그날 흐뭇했던 까닭은 시냇물과 사람들을 통해 이러한 진화의 원리를 발견할 수 있었기 때문이다.

독불장군이 되면 될수록 그만큼 자신의 위치가 흔들리는 법이며, 자신을 낮게 하면 할수록 위치는 견고하게 되는 법이다.
-톨스토이

어느 노모의 탄식

어느 시골 마을에 홀몸으로 힘든 농사일을 해가며 아들을 판사로 키워낸 노모 하나가 있었다.

아들을 판사로 키워낸 노모는 밥을 한 끼 굶어도 배가 부른 것 같았고, 잠을 청하다가도 아들 생각에 가슴이 뿌듯해왔고, 오뉴월 삼복더위 아래 농사일을 해도 절로 콧노래가 나왔다.

노모는 온 세상을 다 가진 듯이 즐겁고 행복했다.

어느 날 가을걷이를 마친 노모는 아들을 만나기 위해, 그해 가을걷이한 고구마와 감자를 머리에 한 자루나 이고 서울로 올라갔다.

한데 그날따라 아들 내외는 어디론가 나가고 없고, 집안에는 어린 손자만 남아있었다.

노모는 집안의 살림살이를 둘러보기 시작했다.

노모의 눈에 비친 아들 내외의 살림살이는 모든 게 황홀하기만 했다.

거대한 거실이며 대형 소파며 냉장고, TV, 피아노 등등.

그러던 도중 노모는 뜻밖의 물건을 보게 되었다.

그것은 바로 가계부였다.

노모는 며느리가 부잣집 딸 출신이다 보니 가계부를 쓰리라고는 생각조차 않았는데, 그것을 보니 그만 노모는 며느리의 알뜰함에 감격하고 말았다.

노모는 가계부 내용을 잠시 들여다보았다.

가계부 안에는 각종 공과금이며 부식비, 의류비 등이 꼼꼼하게 쓰여 있었다.

한데 조목조목 나열된 지출항목 가운데, "촌년 10만원"이란 글자가 눈에 띄었다.

노모는 처음에는 그게 무슨 말인지를 알 수가 없었다.

한데 가계부를 계속 읽어나가다 보니, 그 돈이 12달 동안 똑같은 날짜에 지출된 것을 보고 비로소 노모는 그 돈이 자기에게 보내준 용돈이라는 것을 알았다.

순간 노모는 머릿속이 하얗게 변하면서 아무런 생각도 나지 않았다.

노모는 한참동안 멍하니 서있었다.

노모는 아들 내외에게 주려고 무거운 줄도 모르고 이고 간 고구마와 감자를 도로 싸서, 마치 죄인이 된 듯한 기분으로 도망치듯 아들의 집을 나와 시골로 내려왔다.

노모는 가슴이 미어터질 것만 같았지만, 그렇다고 누구에게 자기의 심정을 털어놓을 수도 없었다.

그때 판사 아들에게서 전화가 걸려왔다.

"어머니, 왜 하룻밤 주무시지도 않고 그냥 가셨어요?"

노모는 분풀이라도 하듯 말했다.

"아니, 나 같은 촌년이 거기 잘 데가 어딨어?"

"아니, 어머니. 무슨 말씀입니까? 촌년이라니요?"

판사 아들은 말을 제대로 잇지 못했다.

그러자 노모는 이렇게 말했다.

"나한테 묻지 말고 네 방 책꽂이에 있는 공책한테 물어봐라. 그럼 내 말이 무슨 말인지 알게다."

그러면서 노모는 내팽개치듯 전화를 끊어버렸다.

가계부를 펼쳐본 판사 아들은 비로소 노모가 왜 화를 내게 됐는지를 알 수가 있었다.

하지만 판사 아들은 대처방안을 찾기가 난감했다.

점잖은 체면에 아내에게 욕설이나 폭언을 쓸 수도 없고, 그렇다고 이혼하자고 말할 수도 없었다.

그러던 어느 날, 판사 아들은 아내에게 함께 처가에 다녀오자고 했다.

평소 공무에 쫓겨 처가에 갈 겨를이 거의 없었던 남편으로부터 그 말을 들은 아내는 환호성을 질렀다.

처가에 도착하자, 아내와 아이들은 모두 선물보따리를 한 아름씩 안고 집안으로 들어갔다.

하지만 판사 아들은 마당에 우두커니 서있기만 했다.

그걸 본 장모가 물었다.

"아니, 우리 판사 사위님. 왜 안 들어오시는가?"

판사 아들은 이렇게 말했다.

"촌년 아들이 어떻게 이런 부잣집에 들어갈 수 있습니까?"

판사 아들은 그 길로 차를 타고 돌아가고 말았다.

그날 밤.

시골 촌년 시어머니의 집에는 사돈 두 내외와 며느리가 촌년 시어머니에게 납작 엎드려 손이 발이 되도록 빌며 용서를 구했다.

이 일이 있고 난 다음부터 며느리의 가계부에는, "촌년 10만원"이란 말은 온데간데없이 사라지고, "시어머니 용돈 100만원"라는 말이 쓰이게 되었다.

우리는 행복하기 때문에 웃는 것이 아니라
웃기 때문에 행복하다.
-윌리엄 제임스

이 가을에는

이 가을에는
딱히 내 욕심으로 흘리는 눈물이 아니라
진정 사랑하는 사람들을 위해
소리 없이 함께 울어줄 수 있는
맑고 따뜻한 눈물을 배우게 하소서.

이 가을에는
빈 가슴을 소유하게 하소서.
집착과 구속이라는 돌덩이로
우리들 여린 가슴을 짓눌러
별처럼 많은 시간들을 힘들어하며
고통과 번민 속에 지내지 않도록
빈 가슴을 소유하게 하소서.

이 가을에는
풋풋한 그리움 하나를 품게 해주소서.

우리들 매 순간 살아감이
때로는 지치고 힘들어
누군가의 어깨가 절실히 필요할 때
보이지 않는 따스함으로 다가와
어깨를 감싸안아줄 수 있는
풋풋한 그리움 하나를 품게 해주소서.

이 가을에는
말 없는 사랑을 하게 해주소서.
사랑이라는 말이 범람하지 않아도
서로의 눈빛만으로도
간절한 사랑을 알아주고 보듬어주며
부족함조차도 매워줄 수 있는
겸손하고도 말 없는 사랑을 하게 해주소서.

이 가을에는
정녕 넉넉하게 비워지고 따뜻해지는
작은 가슴 하나 가득
환한 미소로
이름 없는 사랑이 되어서라도
그대를 사랑하게 하소서.

아버지와 나무

어느 곳에 다섯 명의 아들을 둔 아버지가 있었다.

그 중 네 명의 아들들은 별 문제가 없었으나, 한 명의 아들은 병약하고 총명하지도 못해 형제들 속에서 늘 주눅이 들어있었다.

아버지는 그 아들을 생각할 때마다 가슴이 아팠다.

그러던 어느 날.

아버지는 다섯 그루의 나무를 사왔다.

아버지는 아들들에게 나무 한 그루씩을 나누어주며, 일 년의 기한을 준 다음, 나무를 가장 잘 키운 아들에게는 무엇이든 원하는 대로 해주겠다는 약속을 했다.

마침내 약속한 일 년이 지났다.

아버지는 아들들을 데리고 나무가 있는 숲으로 갔다.

한데 다섯 그루의 나무 가운데 유독 한 그루가 다른 나무에 비해 키도 크고 잎도 무성하게 자라있었다.

그 나무는 바로 늘 아버지의 마음을 아프게 하던 병약한 아들의 나무였다.

약속대로 아버지는 그 아들에게 원하는 것을 물었다.

하지만 그 아들은 딱히 원하는 바도 없다보니, 요구사항을 제대로 말하지도 못했다.

그러자 아버지는 큰 소리로 그 아들을 칭찬하며 말했다.

"이렇게 나무를 잘 키운 것을 보니, 너는 분명 훌륭한 식물학자가 될 것 같구나. 그러니 나는 이제부터 네가 훌륭한 식물학자가 될 수 있도록 모든 지원을 해주도록 하마."

그 아들은 훌륭한 식물학자가 된다는 꿈에 부풀어 그날 밤을 하얗게 뜬 눈으로 지샜다.

그 아들은 잘 자라준 나무가 너무 고마운 나머지, 나무를 보려고 숲으로 갔다.

한데 그 아들이 숲으로 가보니, 어스름한 안개 속에 어떤 물체 하나가 그가 심은 나무 주변을 서성거리고 있었다.

아들이 가까이 다가가보니, 놀랍게도 그 물체는 물뿌리개를 손에 든 아버지가 아닌가?

이후 그 아들은 비록 훌륭한 식물학자가 되지는 못했지만, 미국 국민들로부터 가장 많은 신뢰와 존경을 받는 위대한 대통령이 되었다.

그가 바로 미국의 제32대 대통령인 프랭클린 루즈벨트이다.

어머니의 외출

형제가 많은 어느 가족이 있었다.

부모님은 비록 가난했지만, 정성을 다해 자식들을 키우고 가르쳤다.

자식들이 모두 장성하여 가정을 이루는 동안, 아버지는 효도한 번 제대로 받아보지도 못하고 병으로 세상을 떴다.

홀로 남은 어머니는 자식들에게 짐이 될까 싶어, 미리 자식들에게 말했다.

"나는 아직 혼자 사는 게 편하니까, 행여라도 다른 생각일랑 하지 마라."

그런 일이 있고 난 얼마 후, 어머니의 생신이 며칠 앞으로 다가왔다.

형제들은 어느 집에서 어머니를 모셔야할는지를 놓고 의논을 했다.

하지만 누구도 선뜻 자기가 어머니를 모시겠다고 나서는 사람이 없었다.

형제들은 모두가 서로에게 미루기만 했다.

아무리 꼬리리도 물구나무 서게 한다

오랜 논의 끝에 둘째 아들이 떠안다시피 어머니를 모시기로 하였다.

생신날이 되자, 형제들은 모두 둘째 아들의 집으로 모였다.

한데 형제들은 모두 모였는데, 정작 주인공인 어머니가 보이지 않는 것이었다.

형제들은 서로서로 얼굴만 쳐다봤다.

둘째 아들은 자기 집에서 어머니를 모시기로 했으니까 연락은 다른 형제들이 할 것으로 믿었고, 다른 형제들은 나 아닌 누군가가 전화를 하겠지 하는 생각에 니미락 내미락하며 전화를 하지 않은 것이었다.

그제야 맏아들이 황급히 어머니에게 전화를 했다.

하지만 어머니는 전화를 받지 않았다.

뒤늦게 잘못을 깨달은 형제들이 모두 어머니의 집으로 달려갔다.

하지만 어머니는 보이지 않았다.

평소 외출하는 일이 별로 없었던 어머니가 되다보니, 형제들은 걱정이 되었다.

그때 막내아들이 가족사진 액자에 꽂혀있는 쪽지를 발견했다.

쪽지에는 이렇게 적혀있었다.

"아들아, 나, 어디 좀 들렀다 오마. 냉장고에 너희들이 좋아하는 떡과 수정과를 넣어놓았으니, 사이좋게 나누어먹도록 해라."

어머니는 생일이 다가오자, 자식들이 자기를 부를 것이라고

생각하고, 자식들에게 줄 떡과 손주들에게 줄 선물까지 준비해
놓고 있었다.

그러나 생일 사흘 전이 돼도 이틀 전이 돼도 자식들에게서는
아무런 연락이 없었다.

드디어 어머니는 생일날 아침까지도 아무런 연락이 오지 않
자, 외출을 하기로 했다.

어머니가 찾아간 곳은 남편의 무덤이었다.

어머니의 손에는 생전의 남편이 좋아하던 소주 한 병이 들려
져 있을 뿐이었다.

일하는 것은 우울의 해독제이다.
-엘레노어 루즈벨트

어느 선녀의 고백

    어제 저녁 이 S.Y.K.는 우리 마을 팔각정에서 이 화백과 더불어 얘기를 나누고 있었다.

    이 화백은 평소 이 세상에서 제일 불행한 사람은 자기라고 생각하고 있었다.

    때문에 이 화백은 그날도 자기 신세타령만 늘어놓고 있었다.

    한데 때마침 우리 옆자리에 있던 선녀 하나가 나와 이 화백의 대화를 듣고 나더니, 이 화백의 얼굴을 빤히 들여다보는데, 얼굴이 그렇게 밝아 보일 수가 없었다.

    나는 선녀에게 물었다.

    "선녀님, 어쩌면 표정이 그렇게 밝아 보이나요? 특별한 비결이라도 있나요?"

    선녀는 이렇게 말했다.

    "제가 옆에서 두 분의 얘기를 들어보니, 이 화백님도 저보다는 처지가 훨씬 좋다고 생각되는군요. 제 이야기를 좀 해도 괜찮겠어요?"

    "그러시지요."

"살다 보면 어렵고 힘들 때도 가끔씩 온다고 하더군요. 우리 부부도 신혼 2년까지는 참으로 감당하기 힘든 시련 속에 살아야 했습니다. IMF의 여파로 인해 남편이 하던 컴퓨터 가게는 점점 경영난에 허덕이게 되었고, 직원들도 하나씩 둘씩 줄어가다가 결국은 가게 문을 닫고 말았지요. 그즈음 집에서 살림만 하던 저는 남편이 가게 문을 닫았다는 얘기를 듣고는 갑자기 눈앞이 캄캄해지더군요. 아무리 사방을 둘러봐도 희망이라곤 보이지 않았습니다. 그렇다고 아무데나 취직을 할 수도 없었습니다. 그렇게 되면 임시로 먹고살 방편은 되겠지만, 평생직장은 못될 것이고, 또한 임시로 들어간 직장이라면 언제 퇴출될지 모르는 일이 아니겠습니까? 남편이 가게를 정리하고, 잠깐 집에서 쉬면서 이것저것 궁리를 하고 있었을 때, 저는 남편 몰래 취직자리를 알아봤습니다. 저는 결혼하기 전까지 직장을 다녔던 터라, 지인들을 통해 겨우 자그마한 사무실에서 근무할 수 있게 되었습니다. 저는 남편에게 돈은 내가 벌 테니 아무 걱정 말고 공무원 시험이나 보라고 권유했습니다. 그렇지 않아도 남편은 시간만 나면 공무원 시험공부를 하고 있었기 때문에, 저는 이참에 아주 본격적으로 공부해보라고 했습니다. 그때부터 남편은 도서관 생활을 했습니다. 남편은 매일 밤 10시가 넘어서야 가방을 멘 채, 터벅터벅 도서관에서 집으로 돌아오곤 했습니다. 물론 그때는 저 역시 어렵게 직장생활을 하고 있었습니다. 결혼 후 두 번째 맞는 저의 생일날, 저는 제 생일을 빙자하여 남편에게 보신을 좀 시켜줘야겠다 생각하고 푸짐하게 장을 봐서 집으로 가는 도중이었습니다. 제가 횡단보도 앞에서 신호를 기다리는 도중에 얼핏 옆에 있는 전봇대를 보니, 이상한 광고 하나가 붙어있었습니다. 그 광고에는, '영미야, 사랑해.'라는 문구가 쓰여 있었습니다. 저는 거기에 쓰인 영미라는 이름이 제 이름과 묘하게 일치한다는 생각에 저도 모르게 미소를 지었습니다. 그런데 이게 웬일일까요? 횡단보도를 건너 집으로 오는 길에 보니, 여기저기 계속해서 똑같은 광고문구가 붙어있는 게 아니겠습니까? 저는 갑자기 이상한 생각이 들었습니다. '혹시?' 그러고 보니 광고 문구는 우리 집 가는 골목 쪽으로만 계속해서 붙어있는 게 아니겠습니까? 하지만 저는 그걸 보면서도 제 남편이 그런 광고를 붙였으리라고는 꿈에도 생각지 못했습니다. 왜냐하면 제 남편은 그런 광고를 붙일 정도로 다정다감하고 세심한 사람이 아니었기 때문입니다. 제 남편은 무뚝뚝한 경상도 사나이였을 뿐이었죠. 게다가 제 남편은 그 시간에 도서관에 있어야 했습니다. 저는 광고지에서 애써 눈을 돌리면서 집으로 왔습니다. 그 사이 제가 본 광고지는 무려 열다섯 장을 넘었습니다. 한데 제가 정말로 놀란 것은 우리 집 현관 앞에 도착했을 때였습니다. 제가 우리 집 현관문을 보니, 거기에도 바로 그 광고지가 붙어있는 게 아니겠습니까? '영미야, 사랑해.'라고 말입니다. 저는 그제야 모든 걸 알 수 있었습니다. 제가 현관문을 살짝 열어보았더니, 남편이 앞치마를 두르고 주방 안에서 뭔가를 열심히 만들고 있는 게 아니겠습니까? 그 순간 저는 갑자기 눈물이 핑 돌면서 아무런 말도 할 수가 없었습니다. '아, 저이가 저

chapter 07 평범 속에 진리

렇게 자상한 남편이었다니..........' 인기척이 나자, 남편은 저를 돌아보며 씩 미소를 지어보이더군요. 그러면서 남편은 이렇게 말하더군요. '빨리 온나. 밥 먹자. 내가 저녁 준비 다 해 놨다 아이가.' 남편은 저를 식탁의자에 앉히더니, 보글보글 끓는 라면을 식탁 위에 얹더니만, 그 안에 계란 하나를 톡 깨서 집어넣는 것이었습니다. 저는 남편에게 물었습니다. '이게 뭐예요?' 그러자 남편은 이렇게 말했습니다. '응, 내가 뭐 할 줄 아는 게 있어야지. 마누라 생일인데도 선물 하나 사줄 돈도 없고, 해줄 수 있는 음식도 없고 해서, 이렇게 라면이라도 끓여줄까 해서 도서관에서 조금 일찍 왔다 아이가?' 그래서 저는 이렇게 되물었죠. '아니, 그럼 골목길에 잔뜩 붙여놓은 광고지도 당신이 붙여놓은 거예요?' 남편은 웃으면서 말하더군요. '허허, 그래. 돈은 없고 내가 당신을 사랑한다는 마음은 보여주고 싶고 해서 영화광고하는 것 한 번 따라서 해본기라. 프린트를 해서 길에서 잘 보이는 곳에 붙인다고 붙여보았는데, 처음에는 너무 창피하더라꼬. 그런데 한 장 두 장 붙여나가다 보니, 아내를 위해 하는 일인데 뭐가 부끄러울 게 있나 하는 생각이 들더라고.' 그날 비록 라면에 계란 하나 넣은 초라한 생일상이었지만, 저는 그 생일상이야말로 남편의 진한 사랑을 느낄 수 있었던 최고의 생일상이라는 생각이 들더군요. 그날 우리 부부는 눈물로 범벅된 라면을 먹었습니다. 그렇게 힘든 시간을 보낸 일 년 후, 남편은 마침내 공무원 시험에 합격했습니다. 지금 제 남편은 모 시청에서 공무원 생활을 잘하고 있습니다. 가족이란 건 결국 이런 게 아니겠습니까?

이 화백님 말씀처럼 돈이 없어서 불행하다는 말은 틀린 말인 것 같아요. 돈이 없어도 가족 서로 간에 사랑과 배려만 있다면, 얼마든지 행복할 수 있지 않을까요?"

이 화백은 말없이 선녀의 말을 듣고 있었다.

제갈량의 자식교육

박근혜 대통령이 중국을 국빈 방문했을 때, 칭화대(淸華大)에서 연설 도중 제갈량(諸葛亮)이 아들 제갈첨(諸葛瞻)을 가르치기 위해 보낸 편지인 계자서(誡子書)를 인용했다.

君子之行(군자지행)- 군자의 행동지침

靜以修身(정이수신) 儉以養德(검이양덕)
고요한 마음으로 몸을 닦고, 검소함으로 덕을 기른다

非澹泊無以明志(비담박무이명지) 非寧靜無以致遠(비녕정무이치원)
마음이 깨끗하지 못하면 뜻을 밝힐 수 없고, 마음이 안정되지 못하면 원대한 이상을 이룰 수 없다

夫學須靜也(부학수정야) 才須學也(재수학야)
배울 때는 반드시 마음이 고요해야 하며, 재능은 반드시 배움

을 필요로 한다

非學無以廣才(비학무이광재) 非靜無以成學(비정무이성학)
배우지 않으면 재능을 발전시킬 수 없고, 마음이 고요하지 않
으면 학문을 성취시킬 수 없다

傲慢則不能研精(오만즉불능연정) 險躁則不能理性(험조즉불
능이성)
마음이 오만방자하면 깊은 이치를 연구할 수 없고, 조급하거
나 경망되면 자신의 본성을 제대로 다스릴 수 없다

年與時馳(연여시치) 志與歲去(지여세거) 遂成枯落(수성고락)
나이는 시간과 함께 달려가고, 의지는 세월과 함께 사라지면
서, 마침내는 가을날 초목처럼 시들어간다

悲嘆窮廬(비탄궁려) 將復何及也(장부하급야)
그러니 그때 가서 가난한 오두막집에서 탄식한들 무엇하리

배움의 자세

신뢰를 쌓는 데는 여러 해가 걸려도
무너지는 것은 순간이라는 것을
나는 배웠다.
인생은
무엇을 손에 쥐고 있는가에 달린 게 아니라
믿을 만한 사람이 누구인가에 달렸다는 것을
나는 배웠다.
나 스스로의 의지로 다른 사람으로 하여금 나를 사랑하게 만
들 수 없다는 것을
나는 배웠다.
내가 할 수 있는 일이 있다면,
그것은 다른 사람이 나를 얼마나 사랑하느냐가 아니라
내가 다른 사람으로부터 사랑받을 만한 사람이 되는 것이라
는 사실을
나는 배웠다.
그러므로 사랑은 사랑하는 사람의 선택이라는 사실을

나는 배웠다.

내가 아무리 마음을 쏟아 그들을 사랑해도

때로 그들은 보답도, 응답도, 반응도 하지 않는다는 것을

나는 배웠다.

다른 사람의 최대치에 나 자신을 비교하기보다는

나 자신의 최대치에 나를 맞추어가야 한다는 것을

나는 배웠다.

또한 인생은

무슨 사건이 일어났는가에 달린 것이 아니라

일어난 사건에 어떻게 대처하느냐에 달려있다는 것을

나는 배웠다.

사랑하는 사람들에게는 언제나 사랑한다는 말이나 몸짓을 해야 한다는 것을

나는 배웠다.

사랑을 가슴 속에 넘치게 담고 있으면서

이를 나타낼 줄 모르는 사람들이 있음을

나는 배웠다.

어느 한 순간이 우리의 마지막 만남이 될지

아는 사람은 아무도 없다는 것을

나는 배웠다.

해야 할 일을 하면서도

그 결과에 대해서는 마음을 비우는 자만이 진정한 영웅임을

나는 배웠다.

나에게 분노할 권리는 있으나

타인에 대해 몰인정하고 잔인하게 대할 권리는 없다는 것을

나는 배웠다.

우리가 아무리 멀리 떨어져 있어도

진정한 우정은 끊임없이 두터워질 수 있다는 것을

나는 배웠다.

그리고 내가 바라는 방식대로 상대가 나를 사랑하지 않는다

고 해도

나는 내 모든 것을 다해 상대를 사랑해야 한다는 것을

나는 배웠다.

큰 재주를 가졌다면 근면은 그 재주를 더 빛나게 해줄 것이며,
보통의 능력밖에 없다면 근면은 부족함을 보충해줄 것이다.
-j. 레이놀즈

그리움

가을에 받는 편지엔

낙엽이 하나쯤 들어있었으면 좋겠다.

말라진 낙엽의 향기 뒤로

사랑하는 이의 체취가 함께 와주면 좋겠다.

한 줄을 써도 그리움이요

열 줄을 써도 그리움이라면

아예 백지로 보내오는 편지여도 좋겠다.

다른 사람들에겐 백지 한 장이겠지만

내게는 그리움이 넘쳐흐르는 마법 같은 편지인 걸.

그 백지 위로 보내온 이의 얼굴을 떠올리다가

주체할 수 없는 그리움의 눈물을 쏟게 되더라도

올 가을엔

그리운 사람으로부터 편지 한 통 날아들면 좋겠다.

고향 길

고향으로 가는 길은

멀어도 멀다 하지 않으리.

고향으로 가는 길은

힘들어도 힘들다 하지 않으리.

고향으로 가는 길은

설레는 마음 한 걸음 고향 집이 되고 싶고

손 뻗어 안으면

어느새 마음은 고향.

집에 온 부모 형제의 품과 같아라.

웃음꽃 도란도란

밤이 깊어가면

피어오르는 정담으로

보름달 같은 하얀 송편이 가득하구나.

장님 점쟁이의 순애보

어느 날 금정산에 사는 장님 점쟁이가 연산 로타리에 있는 이 안과를 찾아왔다.

점쟁이는 의사에게 물었다.

"선생님, 제 소원은 세상 만물을 직접 제 눈으로 보는 것입니다. 선생님, 가능할까요?"

의사는 명쾌하게 답했다.

"물론입니다. 요즘은 워낙 의술이 발달해서 웬만한 병은 거의 다 치유할 수 있습니다. 며칠 뒤에 검사결과를 알려드리도록 하겠습니다."

얼마 후 병원에서 점쟁이에게 연락이 왔다.

"기쁘시겠군요. 귀하께서는 수술만 하면 본래의 시력을 회복할 수 있습니다. 언제라도 오세요."

점쟁이는 하늘에라도 날아갈 듯 마음이 설레었다.

하지만 점쟁이는 끝내 이 안과로 가지 않았다.

그것은 수술비가 없어서도 아니고, 수술받기가 싫어서도 아니었다.

점쟁이가 병원에 가지 않은 것은 오로지 아내 때문이었다.

점쟁이가 아내를 만난 것은 스무 살 때였다.

물론 그때도 점쟁이는 장님이었다.

당시 점쟁이는 장님인 자기와 누가 결혼을 해줄 것인가 하는 생각에 하루하루를 절망 속에 보냈다.

그러던 어느 날.

점쟁이는 한 여인을 만났다.

그녀가 바로 지금의 아내였다.

점쟁이는 여인에게 이렇게 말했다.

"미영 씨, 저와 결혼해주십시오. 비록 저는 눈이 보이지는 않지만, 평생 마음의 눈으로 당신을 보살피고 사랑할 거요."

그러자 여자가 난색을 표명했다.

"저도 그러고는 싶지만…………."

점쟁이는 되물었다.

"왜요? 제가 눈이 멀어서 그러시는가요?"

"그건 아니에요."

"그럼 왜 그런 말씀을 하시는가요?"

여자는 어렵게 입을 열었다.

"사실은 제 얼굴이 흉터로 가득하기 때문입니다. 어릴 때 뜨거운 물에 데어서 화상을 입었거든요."

점쟁이는 태연하게 말했다.

"그런 말씀 마세요. 제게는 미영 씨의 흉터는 안 보이고, 아름다운 마음씨만 보이는걸요."

점쟁이는 이렇게 해서 결혼을 하게 됐다.

이튿날.

이 안과를 찾아간 점쟁이는 수술을 포기하겠다고 말했다.

그러자 의사가 의아하다는 듯 물었다.

"수술하기가 무서워서 그러십니까?"

"아, 그건 아닙니다."

"그런데요?"

"제게는 화상을 입은 아내가 있습니다. 그런데 제가 시력을 회복하게 된다면, 아내의 흉측한 얼굴을 보게 되지 않겠습니까? 그렇게 되면 아내의 마음은 크게 불편할 게 아닙니까? 그러니 다소 불편하긴 하겠지만, 남은 인생도 그냥 맹인으로 지내도록 하겠습니다."

차 한 잔 나누고 싶은 사람

소슬바람 부는 날에는
마음속에 담긴 사람이 그리워진다.
가슴까지 따스하게 스며드는
캐모마일 차 한 잔 마시고 싶어진다.
정답게 찻잔을 마주하면서
눈높이를 맞추고 싶다.
서로 바라보는 눈빛 하나만으로
아무 말 없이 그냥 앉아있기만 해도
오가는 사랑의 온도가
눈빛을 타고 전해지기에
햇살이 몽실몽실 피어나는 창가에서
차 한 잔 나누고 싶어진다.

구사(九思); 아홉 가지 생각할 것

(1) 시사명(視思明); 눈으로 볼 때는 밝고 바르고 옳은 것을 생각하라.

(2) 청사총(聽思聰); 귀로 들을 때는 그 말의 참뜻을 바르고 정확하게 듣기를 생각하라.

(3) 색사온(色思溫); 표정을 지을 때는 온화한 표정을 가지기를 생각하라.

(4) 모사공(慕思恭); 남 앞에 나설 때는 몸가짐이나 옷차림을 공손하게 할 것을 생각하라.

(5) 언사충(言思忠); 말을 할 때는 참되고 거짓 없게 하기를 생각하라.

(6) 사사경(事思敬); 어른을 섬길 때는 공경하는 태도를 취할 것을 생각하라.

(7) 의사문(疑思問); 의심나고 모르는 게 있으면 물어서 완전히 알아야겠다고 생각하라.

(8) 분사난(憤思難); 분하고 화나는 일이 있으면 그로 인한 어려움을 생각하라.

(9) 견득사의(見得思義); 이득이 되는 것을 보면 그것이 의로운 것인가를 먼저 생각하라.

아름다운 계절

지금쯤

전화 한 통 걸려왔으면 좋겠네.

그리워하는 사람이

사랑한다는 말은 굳이 하지 않더라도

잊지 않고 있다는 말 한 마디만 들려주면 좋겠네.

지금쯤

편지 한 통 받았으면 좋겠네.

편지 같은 건 상상도 못하는 친구로부터

그저 소소한 이야기나마 담긴 편지 한 통 받았으면 좋겠네.

지금쯤

누군가가 내게 보내는

선물을 고르고 있었으면 좋겠네.

내가 좋아하는 것들을 예쁘게 포장하고

내 주소를 적은 다음

우체국으로 달려가면 참 좋겠네.

지금쯤

내가 좋아하는 음악이 라디오에서 흘러나오면 좋겠네.

귀에 익은 편안한 음악이 흘러나와

나를 달콤한 추억의 순간으로 데려갔으면 참 좋겠네.

지금쯤

누군가가 내 생각만 하고 있었으면 좋겠네.

나의 좋은 점, 나의 멋있는 모습들만 마음에 그리면서

가만히 내 이름을 부르고 있으면 참 좋겠네.

지금쯤

가을이 내 고향 산내면 임고리 들녘을 지나가면 참 좋겠네.

이토록 맑은 가을 햇살이

내 고향 들판에 쏟아질 때

모든 곡식들이 알알이 익어가면 참 좋겠네.

유쾌한 교회라도 물구나무 서게 한다

10월의 기도

님이여.
언제나 나를 향기로운 사람으로 살게 해주소서.
말과 행동으로 본보기가 되는
사람 냄새가 나는
향기를 지니게 해주소서.
타인에게 마음의 짐이 되는 말로
상처를 주지 않게 해주소서.

님이여.
언제나 나를 변함없는 사람으로 살게 해주소서.
살아가며 고통도 따르지만
변함없는 마음으로
한결같은 사람으로
믿음을 줄 수 있는 사람으로
살아가게 해주소서.

님이여.

마음에 욕심을 품지 않게 해주시고

비워두는 마음 문을 활짝 열게 해주시고

남의 말을 끝까지 경청하게 해주소서.

무슨 일이든 감사하는 마음으로 살게 해주소서.

설혹 아픔이 따르는 삶이라 할지라도

그 안에 담긴 좋은 것만 생각하게 해주시고

나보다는 남을 먼저 돌볼 수 있도록 해주소서.

지금 잠을 자면 꿈을 꾸지만 공부하면 꿈을 이룬다.
-반기문

어느 아버지의 눈물

한 남자에게 초등학교 2학년짜리 아들이 있었다.

아들은 만화책을 무척 좋아했는데, 하루는 도서관에서 만화책을 훔쳐왔다.

그 사실을 알게 된 아버지는 아들을 엄하게 꾸짖은 다음, 도서관에 데리고 가서 만화책을 돌려주었다.

한데 이듬해 여름 아들은 서점에서 만화책을 훔쳐왔다.

아버지는 또다시 아들을 엄하게 꾸짖었다.

하지만 아들은 계속 꾸중을 받으면서도 나쁜 습성을 고치지 못했다.

아버지는 더 이상 아들을 그냥 둘 수가 없었다.

아버지는 아들을 서재로 데려가서 말했다.

"애야, 아빠는 아직까지 너에게 한 번도 매를 든 적이 없다. 하지만 이제 책을 훔치는 일이 얼마나 나쁜지를 가르쳐주어야겠구나."

아버지는 아들의 종아리를 피가 맺히도록 호되게 때렸다.

아들은 눈물을 흘리며 매를 맞았다.

그 일이 있고나서 아들은 더 이상 만화책을 훔쳐오는 일이 없었다.

어느 날 어머니가 아들에게 물었다.

"애야, 그때 아빠의 매가 무척 아팠나보구나?"

아들은 이렇게 말했다.

"아니에요. 그날 아빠에게 맞은 매는 하나도 아프지 않았어요."

"그래? 엄마는 네 나쁜 버릇이 그 매 때문에 고쳐진 줄 알았는데............."

아들은 이렇게 말했다.

"아니에요. 저는 그날 제 손등으로 뚝뚝 떨어지는 아빠의 눈물을 보았을 뿐이에요."

이 아이가 바로 우리나라 최고의 만화가인 고우영 선생이라고 한다.

어느 어머니의 편지

아들아!

결혼할 때 부모 모시는 여자는 택하지 말아라.

너는 나를 모시고 싶겠지만, 나는 너를 벗어나 네 엄마가 아닌 한 인간으로 살고 싶단다.

나에게 효도하는 며느리를 원하지 말아라.

네 효도는 네가 잘 사는 걸로 족하단다.

네 아내가 내 흉을 보게 되면, 당연히 너는 속이 상하겠지?

그러나 그 얘기를 나에게 전하지는 말아라.

아들아!

사랑하는 내 아들아!

나는 너를 배고 낳고 키우느라 평생을 바쳤으니, 지금 죽는다 해도 아무런 여한이 없다.

하지만 네 아내는 그렇지 않더라도 이해해주려무나.

너도 네 장모를 위해서 죽을 수 있는 건 아니잖니?

혹시 내가 가난하고 힘이 약해지거들랑, 네 능력껏 조금만 내게 보태주려무나.

아들아!

어렵더라도 명절이나 부모 생일날만큼은 챙겨다오.

받고 싶은 욕심에서 그러는 게 아니라, 내가 네게 잊혀지지 않고 싶어서 그러는 거란다.

아들아!

이름만 불러도 눈물 아련한 내 아들아!

네 아내가 내게 효도하기를 바란다면, 우선 네가 네 장모에게 잘해주려무나.

네가 고른 아내라면, 너의 고마움을 알고, 나에게도 잘하지 않겠니?

아들아!

딸랑이 흔들어주면 까르르 웃던 내 아들아!

내 행복이 네 행복이 아니라, 네 행복이 내 행복이거늘, 혹여 나 때문에 네 가정에 해가 된다면, 깨끗이 나를 잊어다오.

너를 위해서라면 목숨도 아깝지 않은 네 에미인데, 네 행복을 위해서라면 무엇인들 못하겠느냐?

아들아!

피눈물 같은 내 아들아!

이 에미가 원하는 게 뭐겠니?

그것은 오로지 네가 행복하게 잘 살아가는 게 아니겠니?

그러니 아들아!

내가 네 행복을 위해 노력해왔듯이, 이제는 너희 두 부부도 너희의 자식들을 위해 그렇게 노력해주려무나.

친구의 종류

(1) 수어지교(水魚之交); 고기와 물의 관계처럼 떼려야 뗄 수 없는 특별한 친구. 유비(劉備)와 제갈량(諸葛亮)의 고사에서 비롯된 말임.

(2) 막역지우(莫逆之友); 서로 거역함이 없는 친구.

(3) 금란지교(金蘭之交); 금이나 난초같이 귀한 향기를 풍기는 친구.

(4) 관포지교(管鮑之交); 관중(管仲)과 포숙아(鮑叔牙)의 사귐과 같이 다정하고 허물없는 친구.

(5) 죽마고우(竹馬故友); 어릴 때 대나무를 말처럼 같이 타고 놀며 자란 친구.

(6) 문경지교(刎頸之交); 친구를 대신하여 내 목을 내주어도 좋을 정도의 깊은 우정을 지닌 친구.

(7) 지란지교(芝蘭之交); 향기로운 풀인 지초와 난초같이 고귀한 우정을 지닌 친구.

(8) 지기지우(知己之友); 자기의 속마음과 가치를 잘 알아주는 친구.

(9) 지음(知音); 소리를 알아듣는다는 뜻으로, 지기지우와 같은 말. 중국 춘추시대 거문고의 명수였던 백아(伯牙)와 종자기(鍾子期)의 고사에서 유래된 말.

마음의 모양

병에 물을 담으면 물병이 되고, 꽃을 담으면 꽃병이 된다.

통에 물을 담으면 물통이 되고, 쓰레기를 담으면 쓰레기통이
된다.

우리의 마음도 이와 똑같다.

우리의 마음이 그릇된 욕망으로 가득차면 사욕이 되지만, 우
리의 마음이 일에 대한 의욕으로 가득차면 열정이 된다.

우리의 마음이 나를 위한 욕심으로만 채워지면 악심이 되지
만, 우리의 마음이 남을 위한 봉사로 채워지면 선심이 된다.

재물이 없어도 줄 수 있는 것

한 사나이가 석가여래를 찾아가서 하소연을 했다.

"부처님, 저는 하는 일마다 제대로 되는 일이 없으니, 이게 어찌된 영문입니까?"

여래는 이렇게 말했다.

"그것은 네가 남에게 베풀지 않았기 때문이니라."

사나이가 말했다.

"저는 아무 것도 가진 게 없는 빈털터리입니다. 그런데 어떻게 남에게 베풀 수가 있습니까?"

여래는 이렇게 말했다.

"그렇지 않으니라. 사람은 누구나 아무리 재물이 없어도 남에게 줄 수 있는 일곱 가지가 있느니라."

여래는 사나이에게 일곱 가지를 들려주었다.

(1) 화안시(和顔施); 얼굴에 화색을 띠고 부드럽고 정답게 남을 대해주는 것.

(2) 언시(言施); 사랑의 말, 칭찬의 말, 위로의 말, 격려의 말, 양보의 말, 고운 말과 같은 말로써 남에게 베풀어주는 것.

(3) 심시(心施); 마음의 문을 열고, 따뜻하게 남을 대해주는 것.

(4) 인시(眼施); 호의와 정감이 담긴 눈으로 남을 대해주는 것.

(5) 신시(身施); 남의 짐을 들어주거나 일을 도와주는 것과 같이 몸으로 남에게 베풀어주는 것.

(6) 좌시(座施); 때와 장소에 맞게 남에게 자리를 양보해주는 것.

(7) 찰시(察施); 굳이 입으로 묻지 말고, 스스로 상대의 마음을 헤아려 남을 도와주는 것.

그러면서 여래는 이렇게 말했다.

"네가 이 일곱 가지를 행하여 그 습관이 생활화된다면, 무한한 공덕이 될 것이니라."

양초 사건

어제 우리 마을에 한 남자가 이사를 왔다.

그런데 이삿짐 정리도 끝나기 전에 갑자기 태풍의 영향으로 정전이 되었다.

남자가 겨우 양초와 성냥을 찾았을 때, 똑똑 하고 문을 두드리는 소리가 들려왔다.

남자가 현관문을 열어보니, 아이 하나가 현관문 밖에서 남자에게 물었다.

"아저씨, 양초 있으세요?"

그것을 본 남자는 속으로 이런 생각을 했다.

'이사 온 첫날부터 이렇게 양초를 빌려달라고 하니, 만일 지금 내가 저 아이한테 양초를 빌려준다면, 앞으로도 계속 이것저것 빌려달라고 할 거야.'

생각을 굳힌 남자는 아이에게 이렇게 말했다.

"얘야, 우리 집에는 양초가 없단다."

남자는 문을 닫으려했다.

그러자 아이가 이렇게 말했다.

"아저씨, 이사 온 첫날부터 정전이 되어, 불편하실까봐 제가 양초를 가져왔어요."

아이는 양초 2개를 남자에게 내밀었다.

남자를 쳐다보는 아이의 눈은 해맑기만 했다.

남자는 도저히 아이의 눈을 똑바로 바라볼 수가 없었다.

인생의 첫발을 내디딜 때는 자신의 재력이나 장점에 의지하지 마라.
중요한 것은 남들과 다른 일을 하는 것이다.
머리를 짜내 자신만의 장점을 발견하라.
-루치아노 베네통

어느 청년의 순애보

이 S.Y.K.의 고향인 밀양시 산내면 임고리 마을에 농사를 지으며 살아가는 청년 하나가 있었다.

청년은 준수한 외모에, 시원시원한 성격, 섬세한 배려까지 갖춘 어느 것 하나 나무랄 데 없는 멋진 청년이었다.

하지만 농촌을 좋아하는 여자가 없다보니, 청년은 결혼을 할수가 없었다.

어느 날 청년은 컴퓨터 한 대를 장만하여 인터넷을 하면서 도시에 사는 젊은 사람들과 카페에서 활동을 하다가 어느 여자와 e-mail을 주고받게 되었다.

청년은 '바다'라는 닉네임을 가졌고, 여자는 '초록 물고기'라는 닉네임을 가졌다.

청년은 여자가 박학다식하면서도 검소하고 아름다운 마음씨를 가졌으며 농촌에 대해서도 깊은 이해를 하고 있는 듯이 느껴졌다.

여자와 주고받는 메일의 회수가 많아질수록 청년의 가슴 속에는 여자에 대한 연정이 싹터 올랐다.

두 사람의 사이가 무척 가까워졌을 때, 청년은 여자에게 자신의 속마음을 그대로 털어놓았다.

그러나 이상하게도 청년이 여자와 가까워지러할수록 여자는 점점 몸을 움츠리며 멀어져가는 것이었다.

청년이 사랑을 고백하기 전에는 하루에 10통도 오가던 메일이 사랑을 고백한 뒤로는 일주일이 지나서야 가까스로 답장이 올 정도였다.

게다가 답장은 늘 한두 줄밖에 안 되는 짧은 것이었다.

청년은 크게 낙담을 했다.

청년은 자신이 농촌 총각이라는 걸 원망할 수밖에 없었다.

'그래, 농촌을 좋아하는 여자가 어디 있을라고. 다 헛된 꿈일 뿐이야. 나처럼 힘들고 열악한 환경에서 농촌을 지키고자 하는 내가 바보일 뿐이지.'

청년은 똑같은 대학을 나온 다른 친구들이 도시에서 취직을 했을 때, 부모님의 반대도 무릅쓰고 농촌에 정착을 했지만, 정작 농촌에 정착해보니 외로움과 소외감을 견딜 수 없었다.

청년은 도무지 일이 손에 잡히지 않았다.

청년이 그 여자에 대해 아는 것이라고는 그 여자의 닉네임이 '초록 물고기'라는 사실뿐이었다.

하지만 청년은 그 여자의 매력에 빠져 헤어날 수가 없었다.

세상에 그 어떤 것도 두려울 게 없었던 청년은 이제는 '초록 물고기'가 어디론가 사라질까봐 두려웠다.

어느덧 e-mail 수신 확인이 안 된 지도 한 달이나 지났다.

청년은 여자가 의도적으로 자신을 피하는 것인지 아니면 무슨 일이 있어서 그러는 것인지 도무지 알 수가 없었다.

청년은 다시금 여자에게 자신의 절실한 심정을 담은 e—mail을 보냈다.

그로부터 한 달 뒤.

그토록 기다리던 '초록 물고기'에게서 답장이 왔다.

"바다님, 제가 당신을 사랑해도 될까요? 수없이 많은 시간 동안 고민을 했습니다. 저는 어릴 적부터 한쪽 다리가 불편한 소아마비를 앓아왔습니다. 그리고 얼굴도 어릴 적에 화상을 입어 흉터가 많이 남아있습니다. 그래서 직장생활은커녕 집안에서 어두운 커튼으로 햇살을 가리고 혼자 살아오고 있는 중입니다. 저는 가진 것도 달랑 냄비 하나뿐입니다. 더구나 제 몸마저 이러다보니 누구 하나 저를 쳐다보지도 않는답니다. 그동안 인터넷 사이버 상에서 알게 된 사람들과 사랑을 나누고 싶었지만, 다들 제 얘기를 듣기만 하면 질겁을 하고 달아나더군요. 그 이후로 저는 사람을 만나기가 두려워, 제게 호감을 주는 남자가 있어도 제가 먼저 돌아서곤 했습니다. 그건 사랑을 하기도 전에 버림부터 받은 제 자신이 너무나 가여워서였습니다. 솔직히 저는 바다님으로부터 메일을 받은 순간, 말할 수 없이 기쁘고 가슴 설레었으나, 바다님에게 좋은 감정을 지닌 저로서는 또다시 바다님에게 마음의 상처를 줄 수가 없었기에, 바다님에게로 다가갈 수가 없었습니다. 바다님, 과연 이런 저를 사랑할 수 있을까요?"

유마는 코끼리도 물구나무 서게 한다

순간 청년은 눈앞이 아득했다.

기다리고 기다리던 여자의 소식이었지만, 여자의 흠결을 알고 나니 혼란이 생기지 않을 수 없었다.

청년은 괴로웠다.

육체보다는 영혼이 중요하다고 믿어왔던 청년이었기에 그 괴로움은 그만큼 더 클 수밖에 없었다.

청년은 스스로를 책망했다.

남에게는 육체보다 정신이 더 중요하다 하면서도, 정작 자신의 경우에는 정신보다 육체를 더 중요시하고 있는 게 아니냐 하고.

몇날 며칠을 고민하던 청년은 다시금 여자에게 e-mail을 보냈다.

"초록 물고기님, 당신의 얘기 잘 들었습니다. 하지만 초록 물고기님, 이제 저는 당신에게 사랑한다는 말을 해야겠습니다. 사실 저는 당신의 얘기를 듣고 고민을 많이 했습니다. 하지만 당신에게는 건강한 제가 있어야 하고, 또한 저에게는 아름다운 영혼을 가진 당신이 필요하다는 사실을 깨달았습니다. 당신이 얘기한 당신의 결점들은 저에게는 오히려 기쁨이 된다는 사실을 깨달았습니다. 바위틈에 조용히 피어나 눈길 한 번 받지 못하는 제비꽃을 사랑스런 눈길로 보아주는 사람처럼 당신을 사랑할 수 있는 자격을 지닌 사람은 오로지 저뿐이라는 사실을 깨달았습니다. 초록 물고기가 바다의 품속에서 마음대로 헤엄치며 노는 날, 저는 비로소 당신을 진정으로 사랑하게 되는 게 아닐까요?"

두 사람은 그로부터 사흘 뒤에 서로 만나기로 하였다.

청년은 여자의 불편한 몸이 걱정되어 자기가 밀양에서 부산으로 내려가겠다고 하였지만, 사는 걸 보고 싶다는 여자의 요청 때문에, 두 사람은 산내면 작평 부락에 있는 산내초등학교 임고 분교 느티나무 아래에서 만나기로 했다.

임고 분교는 학생이 없어서 폐교가 된 지 오래였다.

여자는 자기의 휴대폰 번호도 알려주지 않고, 무작정 10월 10일 오전 9시에 만나자고 일방적으로 약속을 했다.

드디어 10월 10일이 되었다.

청년은 혹시나 여자가 약속장소를 못 찾을까 싶어서 약속시간보다 두 시간이나 먼저 나가 여자를 기다렸다.

하지만 여자는 약속시간에 나타나지 않았다.

청년은 이제나저제나 하고 여자를 기다렸다.

여자는 청년의 애간장을 다 태우고, 약속시간보다 한 시간이나 늦은 10시에 약속장소에 도착했다.

여자가 타고 온 차는 광이 번쩍번쩍 나는 검은색 캐딜락이었다.

날씬한 몸매의 여자는 크고 검은 선글라스를 낀 채, 목발을 짚고 있었다.

여자는 목에 두른 노란 스카프를 바람에 날리며, 천천히 청년에게로 다가왔다.

청년은 뭔가 이상하다는 생각이 들었지만, 용기를 내서 여자에게 물었다.

"혹시 초록 물고기님이 아닌가요?"

그러자 여자가 되물었다.

"그럼 당신이 바다님이신가요?"

청년이 그렇다고 하자, 여자는 고개를 살짝 숙이며 말했다.

"그럼 궁금해 하실 것 같아서 바다님께 제 모습을 보여드리겠습니다."

여자는 선글라스와 스카프를 벗었다.

순간 청년은 화들짝 놀라고 말았다.

여자는 흉터라고는 없는 말끔한 얼굴에 이목구비가 또렷한 절세미인이 아닌가?

그런 다음 여자는 목발을 내려놓고 10여 미터나 떨어져 있는 벤치까지 아무렇지도 않게 걸어가서 앉더니, 청년에게 환한 미소를 지으며 말했다.

"호호, 놀라셨나요? 하지만 저는 처음부터 바다님을 속이려 한 건 아닙니다. 저는 단지 제 육체보다는 저의 영혼을 진실로 사랑하는 사람을 만나고 싶었을 뿐입니다. 이제 이 초록 물고기가 당신의 바다에서 마음껏 헤엄쳐도 될까요?"

그 말을 들은 청년은 여자에게로 다가가더니, 와락 여자를 끌어안았다.

여자를 끌어안은 청년의 눈가에는 어느새 물기가 고여 오르고 있었다.

보석과 호롱불

수년 전 이 S.Y.K.의 고향인 산내면 임고리 마을에서 소년 하나가 친구들과 산중에서 뛰어놀다가 영롱한 빛을 내는 보석 하나를 주웠다.

집으로 돌아온 소년은 아버지에게 보석을 내밀며 자랑스럽게 말했다.

"아빠, 이것 보세요. 예쁘죠? 놀다가 주웠어요. 장차 나는 이런 보석 같은 사람이 되고 싶어요."

그러자 소년의 아버지는 창가에 걸려있는 호롱불 쪽으로 걸어가더니, 성냥으로 불을 밝혔다.

어두웠던 방안이 순식간에 환해졌다.

아버지는 소년에게 호롱불을 가리키며 말했다.

"애야, 나는 네가 보석 같은 사람이 되기보다는 호롱불 같은 사람이 되었으면 더 좋겠구나."

소년은 아버지의 말이 이해가 되지 않았다.

"아빠, 호롱불은 약간만 바람이 불어도 훅 꺼져버리는 보잘 것 없는 것이잖아요?"

그러자 아버지는 이렇게 말했다.

"애야, 보석은 태양이 있어야만 자신의 아름다움을 뽐낼 수 있는 것이니, 그것은 참된 빛이 아니지 않겠느냐? 하지만 호롱불은 세상이 어두울 때 스스로 자신의 몸을 태워 어두운 세상을 환하게 밝혀주는 것이니, 그것이야말로 참된 빛이 아니겠느냐?"

남의 의견을 뚝 잘라 반대하거나 독단적으로
내 의견을 밀어붙이기보다는 겸손하게 남의 의견을 들어라.
-벤저민 프랭클린

험담의 결말

금정산에는 도솔사라는 조그만 암자 하나가 있다.

도솔사 주지 스님은 젊은 과부 집에 자주 드나들었다.

이를 본 마을 사람들은 좋지 않은 소문을 퍼뜨리며 스님을 비난했다.

한데 얼마 후 그 과부가 암으로 세상을 떠나고 말았다.

마을 사람들은 그제야 스님이 암에 걸린 과부를 기도로 위로했다는 사실을 알게 되었다.

그동안 스님을 가장 심하게 비난했던 두 여인이 스님을 찾아와서 용서를 구했다.

그러자 스님은 두 여인에게 닭털을 한 봉지씩 나눠주며 들판에 가서 그것을 바람에 날리고 오라고 했다.

얼마 후 두 여인은 닭털을 날리고 돌아왔다.

그러자 스님은 이번에는 그 닭털을 다시 주워오라고 했다.

두 여인은 울상을 지으며 말했다.

"스님, 이미 바람에 날아가 버린 닭털을 무슨 수로 다시 주워올 수 있습니까?"

스님은 여인들의 얼굴을 바라보며 말했다.

"내가 보살님들을 용서해주는 것은 문제가 없으나, 보살님들이 이미 내뱉은 말은 이처럼 다시 담아올 수가 없는 것입니다."

행복의 90%는 인간관계에 달려 있다.
-키에르케고르

중년이 되면

내 나이 어느덧 중년.

겉으로 보기에는 모든 것이 갖춰진 듯하나, 속은 비어가는 나이.

자꾸만 바람이 되고픈 나이.

가슴이 시려오는 나이.

친구가 그리워지는 나이.

사람이 그리워지는 나이.

배우자가 친구로 보이는 나이.

배우자가 안쓰러워 보이는 나이.

풀 한 포기, 꽃 한 송이마저도 깊은 눈길로 보아지는 나이.

커피 향이 그리워지는 나이.

옛 사랑이 그리워지는 나이.

아픔도 슬픔도 내색하지 않고 묻어둘 줄 아는 나이.

그런 게 중년이 아닐까?

걸인과 창녀

이 S.Y.K.의 고향 산내면에는 선천성 뇌성마비를 앓아온 청년 하나가 있었다.

그는 남의 말을 듣고 생각하기는 하지만, 그것을 남에게 전달할 수는 없었다.

그러다보니 그 청년은 구걸 이외에는 어떤 일도 할 수가 없었다.

청년은 번화가 뒷골목에서 하루 평균 3, 4만 원의 돈을 구걸할 수는 있었지만, 그는 허기진 배를 채우기가 어려웠다.

왜냐하면 청년은 애당초 음식점 문 안으로 들어갈 수가 없었기 때문이다.

청년은 당당한 손님으로 돈을 내겠다고 해도 모든 식당에서는 그에게 음식 팔기를 싫어했다.

그 이유는 그가 온몸이 떨리고 뒤틀려 수저로 음식을 먹으려 해도 입 안으로 들어가는 음식보다 입 밖으로 흘리는 음식이 더 많아 주위를 지저분하게 만들어 영업에 지장을 준다는 데 있었다.

이처럼 청년은 가는 곳마다 문전박대를 당하자, 예수의 기적을 염원하며 성경 한 권을 사서 달달 외었다.

그리하여 그는 지난 20년 동안 한 번도 성당의 모임에 빠진 적이 없는 독실한 신앙생활을 했다.

그러나 그 독실한 신앙심도 그의 허기진 배를 채워주지는 못했다.

사정이 이렇다보니 그가 결혼을 한다는 것은 아예 상상조차 할 수 없는 일이었다.

자신에게 모든 문을 닫아건 사회의 냉대 속에서 결국 그가 찾아간 곳은 완월동 창녀촌뿐이었다.

그곳은 돈만 내면 일반사회처럼 문전박대를 하지 않는 곳이기 때문이었다.

어느 날 완월동 창녀촌을 찾아간 그는 어울리지 않는 비싼 음식을 주문했다.

그리고는 거기에 한 가지를 더 주문했다.

그것은 자기에게 음식을 먹여달라는 것이었다.

이윽고 한 창녀가 음식상을 들고 왔다.

그리고는 청년에게 음식을 먹여주기 시작했다.

그것은 청년에게는 평생 처음 받아보는 인간다운 대접이었다.

순간 청년은 이런 생각이 들었다.

'아, 이 세상은 얼마나 아름다운 세상인가? 어쩌면 나를 내쫓지 않고 반갑게 맞이해준 저 여인이야말로 천사가 아닐까?'

청년은 감격에 겨워 창녀에게 말했다.

"오오, 당신이야말로 천사로군요."

그 말을 들은 창녀는 깜짝 놀랐다.

'온갖 남성들의 멸시와 사회의 냉대만을 받아온 내가 천사라니? 아아, 세상에 내게 이런 말을 해주는 사람도 있을 수 있는가?'

창녀는 감격에 겨운 나머지, 눈물을 흘리며 말했다.

"나 같은 창녀를 천사라고 말해주는 당신이야말로 진정한 천사로군요."

두 사람은 서로의 몸을 꼭 끌어안은 채, 자신의 마음을 고백했다.

얼마 후, 두 사람은 뭇 하객들의 축복을 받으며, 청년이 다니는 성당에서 결혼식을 올렸다.

현재 이 두 사람은 우리 마을에서 조그만 가게를 운영하며 행복하게 살아가고 있다.

욕쟁이 스님 이야기

용성 스님 밑에서 화엄학을 공부한 춘성 스님은 호방한 성품과 기행으로 유명한 스님이었다.

제1화;

어느 날 스님이 전차를 타자, "예수 천당, 불신지옥"이란 현수막을 든 한 무리의 사람들이 스님이 있는 곳으로 우르르 몰려오며 말했다.

"죽은 부처 믿지 말고, 부활하신 우리 예수를 믿으시오. 그래야 천국에 갑니다."

그것을 본 전차 안의 사람들은 모두가 눈이 휘둥그레졌다.

사람들은 모두가 춘성 스님의 기골이 장대하다보니 필시 싸움이 일어날 것으로 예상했기 때문이었다.

춘성 스님은 그 말을 한 사람을 가만히 올려다보며 물었다.

"부활이 뭔데?"

그 사람은 이렇게 말했다.

"죽었다가 다시 살아나는 것이죠. 부처는 죽었다가 다시 살아나지 못했지만, 우리 예수님은 죽었다가 다시 살아나셨소. 그러니 죽은 부처보다 부활하신 예수님이 더 위대하지 않소? 그러니 예수님을 믿으시오."

춘성 스님은 다시 물었다.

"죽었다가 다시 살아나는 게 부활이라꼬?"

"그렇소."

그 말에 춘성 스님은 이렇게 말했다.

"그럼 니는 내 좆을 믿었부라."

"예?"

"나는 지금까지 살아오면서 죽었다가 도로 살아나는 것은 좆 밖에 보지 못했어. 예수가 내 좆하고 똑같으니, 너는 내 좆을 믿었부라."

그 광경을 지켜보던 전차 안의 승객들은 좆나게 웃었다.

제2화;

춘성 스님이 산림법 위반으로 경찰서에 잡혀갔다.

경찰이 주소를 묻자, 스님은 이렇게 말했다.

"우리 엄마 보지."

경찰이 본적지를 묻자, 스님은 이렇게 말했다.

"울 아부지 자지."

제3화;

야간통금이 있던 시절, 방범순찰을 돌던 경찰관이 밤길을 가던 춘성 스님을 붙잡아 누구냐고 묻자, 스님은 이렇게 말했다.

"중대장이다."

경찰이 플래시로 스님의 얼굴을 비춰보니, 중대장이 아닌 까까머리 스님이 아닌가?

경찰은 스님에게 물었다.

"아니, 당신은 스님이 아니시오?"

그 말에 스님은 이렇게 답했다.

"그래. 나는 중의 대장이니라. 왜? 뭐가 잘못 됐냐?"

제4화;

춘성 스님이 강화도 보문사에 있을 때, 육영수 여사가 찾아와 인사를 했다.

여사를 본 스님은 뽀뽀를 하자고 달려들었다.

여사는 당황함이 없이 침착하게 대응했다.

여사가 청와대로 돌아가서 남편인 박정희 대통령에게 그 이야기를 했더니, 박 대통령은 이렇게 말했다.

"허허, 근래 보기 드문 큰 스님이 나왔구먼, 그래."

제5화;

소견이 몹시 좁은 딸을 둔 노 보살 하나가 있었다.

노 보살이 하루는 이 딸을 춘성 스님에게 보내서 소갈머리가 좀 터지는 법문을 청해 들도록 했다.

춘성 스님이 노 보살의 딸에게 말했다.

"나의 그 큰 것이 너의 그 좁은 데 어찌 들어가겠느냐?"

그 말을 들은 딸은 얼굴이 벌게지면서 방문을 박차고 울면서 달아났다.

집으로 돌아온 딸은 어머니에게 푸념을 했다.

"큰 스님은 엉터리에요."

그러자 노 보살은 혀를 끌끌 차며 말했다.

"그러면 그렇지, 바늘구멍보다 더 좁은 너의 소견머리에 어찌 바다 같은 큰 스님의 법문이 들어갈 수 있겠느냐?"

딸은 그제야 울음을 그치고, 자기가 스님의 법문을 잘못 알아차린 줄 알았다.

제6화;

춘성 스님이 기차를 타고 부산에서 서울로 올라가는 도중에, 함께 탄 목사 하나가 스님에게 이런 말을 했다.

"하나님은 무소부재이니, 기독교를 믿으시오."

춘성 스님은 목사에게 물었다.

"그러면 하나님은 없는 데가 없다는 말인가?"

목사가 말했다.

"그렇죠."

춘성 스님은 이렇게 말했다.

"그럼 하나님은 똥통 속에도 있겠네?"

그러자 목사는 춘성 스님을 노려보면서 큰 소리로 화를 내며 말했다.

"감히 거룩하신 하나님에게 불경스런 말을 하다니............"

그러면서 목사는 스님에게 물었다.

"그럼 부처님은 없는 데가 없습니까?"

춘성 스님은 태연히 말했다.

"암, 없는 데가 없지."

이에 목사가 재빠르게 물었다.

"그러면 부처님은 똥통 속에도 있겠군요?"

춘성 스님은 이렇게 말했다.

"부처가 똥이고, 똥이 부처인데, 똥통 속에 있고 말고 할 게 뭐 있어?"

제7화;

한 번은 춘성 스님이 금강산 유점사에서 수행을 하던 도중, 사정없이 밀려오는 졸음을 물리치기 위해 비장한 결심을 한 적이 있었다.

한겨울에 법당 뒤에 구덩이를 파서 큰 항아리를 묻은 다음, 그 항아리에다 냉수를 가득 채웠다.

스님은 엄동설한에 참선수행을 하다가 졸음이 밀려오면, 옷을 홀렁홀렁 벗어던지고, 그 찬물 항아리 속으로 들어가, 머리만 내밀고 수행을 했다.

발가벗고 항아리 속에 앉아 참선을 하면서, 스님은 쾌재를 불렀다.

"허허, 이제야 졸음한테 항복을 받는구나."

이처럼 춘성 스님은 수행의 자세에 있어서는 참으로 엄격했다.

스님이 도봉산 망월사에서 참선수행을 할 적에, 젊은 수좌들이 수행 중에 담요를 덮고 자다가 춘성 스님에게 들킨 적이 있었다.

그럴 때면 으레 스님의 입에서는 날벼락이 떨어졌다.

"수행자가 편하고 따뜻한 잠을 자는 것은 있을 수가 없다. 야, 이 씨부랄 놈들아, 그 담요 이리 안 가져와?"

꼬마 천사 이야기

진이는 엄마에게 늘상 백화점에 가자고 졸라댔다.

"엄마, 나, 백화점에 언제 데려갈 거야?"

"응, 아빠가 월급 받아오면 가자꾸나."

"그럼 얼마나 기다려야 해?"

"가만 있자, 오늘이 5일이니 열흘만 기다리면 되겠구나."

"열흘이면 열 밤을 자야하지? 그렇지, 엄마?"

"그래. 네 손가락 열 개를 전부 꼽으면 되지."

"와, 그렇게나 많이?"

그 말에 엄마는 대꾸할 말이 없었다.

엄마는 빨래를 하기 위해 이불 호청을 뜯고 있었다.

그걸 본 진이는 투덜거리며 말했다.

"에이, 엄마 시시해."

진이는 대문을 열고 밖으로 나가버렸다.

대문에 달아놓은 딸랑이가 한참동안이나 딸랑딸랑 울렸다.

엄마는 대문을 바라보며 한숨을 쉬었다.

남편의 월급을 받으면, 집 살 때 빌린 돈 이자를 물어야지, 겟

돈 내어야지, 시아버지 약값 보내드려야지, 진이의 학원비 내어
야지, 그러고 나면 한 달 생활비도 딸랑딸랑한데, 저렇게 백화
점에 가자고 졸라대니.............

그런데도 옆집 성환이네 엄마는 남의 속도 모르고, 백화점 구
경시켜주는 게 뭐가 그리 어렵냐고 엉뚱한 말만 한다.

언젠가 한 번 진이를 데리고 백화점에 갔다가, 진이가 완구점
앞에서 값비싼 장난감 로켓을 사달라고 떼를 쓰는 바람에 혼이
난 엄마였다.

엄마는 수돗가에서 시름을 씻어버리기라도 하는 양, 이불 호
청을 몇 번이고 맑은 물로 빨고 또 헹궜다.

그때 대문의 딸랑이 종이 딸랑딸랑 울리면서 진이가 들어왔
다. 꽃밭 가에 쪼그리고 앉은 진이의 얼굴빛이 노랗게 변해있었
다.

엄마가 진이에게 물었다.

"진이야, 너, 누구하고 싸웠니?"

"아니."

"그런데 너, 얼굴빛이 왜 그러니?"

"엄마, 나, 점심 먹은 거 다 토했어."

"뭐야? 낮에 사먹은 호떡이 체한 거로구나. 엄마가 뭐라 하
든? 군것질 많이 하지 말랬잖아?"

엄마는 얼른 약국으로 달려가서 소화제를 사왔다.

그러나 진이는 소화제를 먹고도 또다시 토했다.

엄마가 진이를 자리에 눕히자, 진이는 머리가 어지럽다며 울

었다.

엄마의 전화를 받고 아빠가 달려왔다.

"이상한데? 안 되겠어, 여보. 병원에 가봅시다."

아빠는 진이를 업고, 엄마는 진이의 신발을 들고, 황급히 가까운 병원으로 갔다.

의사는 진이를 진찰해보더니, 고개를 갸우뚱했다.

"머리 사진을 한 번 찍어봐야겠습니다."

그 말을 들은 엄마와 아빠는 말문이 막힌 나머지, 한동안 바로 서있지를 못했다.

한참 뒤 컴퓨터실에서 나온 의사가 급히 진이의 엄마 아빠를 찾았다.

"수술을 서둘러야겠습니다."

진이는 이내 환자복으로 옷을 갈아입고 머리를 깎았다.

엄마 아빠는 수술결과를 기다렸다.

진이는 울고 있는 엄마를 향해 말했다.

"엄마, 왜 울어? 엄마도 나처럼 많이 아파? 엄마, 내가 엄마 것까지도 아파줄게. 그러니 엄마, 울지 마."

엄마는 목이 메어 말을 잇지 못했다.

"진이야."

그러자 진이가 말했다.

"엄마, 나, 엄마 우는 거 싫어. 엄마, 나, 엄마 우는 것까지 대신 울어줄 테니까, 엄마는 웃어. 나는 엄마 웃는 모습이 제일 보기 좋아. 알았어, 엄마?"

그때 의사와 간호사들이 수술실 안으로 들어왔다.

그리고는 조용히 진이를 밀차 위로 옮겼다.

엄마가 밀차 뒤를 따르며 진이에게 말했다.

"진이야, 수술을 하다가 하느님을 뵙게 되거든, 반드시 엄마 아빠와 좀 더 살게 해달라고 빌어야 한다. 알겠니? 설령 그곳이 아름다운 천사들이 살고 있는 꽃대궐이라 하더라도, 꼭 그렇게 빌어야 한다. 알겠니, 진이야? 엄마 아빠도 함께 빌어줄게. 반드시 우리 진이와 함께 살게 해달라고 말이야. 부처님께도 3천 배를 올리고 있을게. 설혹 우리가 집도 잃고, 라면만 먹고 살게 되더라도, 진이야, 엄마는 우리 진이하고만 같이 살 수 있다면, 언제나 하느님과 부처님께 감사의 기도를 올리고 싶구나."

진이의 눈동자 속에 엄마의 모습이 사뿐 들어왔다.

"엄마, 걱정 마. 나, 얼른 나아서 백화점에 가야 해. 백화점에 가서 엄마 선물을 사야하거든."

"응? 엄마 선물이라니?"

진이는 엄마를 가까이 오게 하더니, 귀엣말을 했다.

"엄마는 기운 속옷을 입고 있잖아? 내가 저번에 봤거든. 그래서 할머니가 오셔서 준 돈하고 아빠 친구가 오셔서 준 돈을 내 베개 속에 감춰뒀어. 나, 그걸로 백화점에 가서 엄마 속옷 사려고 그래."

어느덧 밤하늘에 별들이 반짝이기 시작했다.

별들은 모두 진이가 누워있는 수술실을 초롱초롱 지켜보고 있었다.

신비의 물

우리 마을 강 영감은 요즘 들어 부부싸움이 부쩍 심해졌다.

어떤 때는 서로 입에서 험한 말이 나와 이혼 직전까지 갈 뻔한 적도 종종 있었다.

그래서 생각다 못한 부인은 금정산 중턱에 있는 도솔사를 찾아가 주지스님에게 자문을 구했다.

"스님, 어떡해야 우리 부부가 화목하게 지낼 수 있을까요?"

그러자 주지스님은 물 한 병을 부인에게 주며 말했다.

"이 병에 든 물은 우리 도솔사 우물에서 길어 올린 아주 특별한 물입니다. 이걸 집에 두었다가 남편이 싸울려고 덤벼들 때마다 이 물을 한 모금 입안에 넣으시오. 단 한 가지 주의하실 점은 절대 물을 입 밖으로 뿜어내거나 입 안으로 삼켜서는 안 된다는 것입니다. 그렇게 해서 남편의 말이 다 끝날 때까지는 이 물을 꼭 입 안에 머금고 계셔야 합니다. 틀림없이 큰 효험이 있을 것입니다."

그 뒤로 부인은 주지스님이 시키는 대로 실천을 했다.

남편이 다툼을 시작하면 부인은 얼른 병 속에 있는 물을 한 모금 입 안에 넣었다.

그리고는 남편의 말이 다 끝날 때까지 물을 입 안에 머금고 있었다.

그렇게 한 달을 계속하니, 시끄럽던 집안이 갑자기 조용하고 평화로워졌다.

부인은 주지스님이 준 물의 신비로움에 감탄하지 않을 수 없었다.

어제 저녁 부인은 주지스님에게 감사의 인사도 드릴 겸, 물도 한 병 더 얻을 겸해서 도솔사를 찾아가 주지스님에게 질문을 했다.

"스님, 스님께서 주신 물은 정말 성수였습니다. 그 물을 머금은 뒤로부터 우리 집안은 부부싸움이 사라진 건 물론이고 더없이 화평한 집안이 되었어요. 대체 그게 어떤 물이기에 그런 효험이 있는 건가요?"

그러자 주지스님은 이렇게 말했다.

"내가 부인에게 준 물은 신비로운 물이 아닙니다. 그냥 보통 물이에요."

부인은 눈이 휘둥그레졌다.

"예? 그냥 보통 물이었다고요?"

"그렇습니다."

"그런데 어떻게 그런 효험을 발휘할 수 있습니까? 에이, 스님. 거짓말하시지 마세요."

"거짓말이 아닙니다. 부인이 남편과 사이좋게 지낼 수 있게 된 것은 그 물을 머금고 있는 동안 부인께서 침묵을 지켰기 때문입니다."

편안한 만남

목적을 두지 않는 편안한 만남이 좋은구려.

속으로 무슨 생각을 할까 애쓰지 않아도 되는 사람.

말을 잘하지 않아도 선한 눈웃음이 정이 가는 사람.

문득 생각나 차 한 잔하자고 전화하면, 밥 먹을 시간까지 스스럼없이 내어주는 사람.

장미처럼 화려하진 않아도, 풀꽃처럼 들꽃처럼 성품이 온유한 사람.

머리를 써서 상대를 차갑고 냉철하게 하는 사람보다 만나고 나면 그냥 가슴이 따뜻해지는 사람.

마음이 힘든 날엔 떠올리기만 해도 마음이 편안하고 위로가 되는 사람.

흐린 날에 고개 들어 하늘을 보면, 왠지 햇살 같은 미소 한 번 띄워줄 것 같은 사람.

사는 게 바빠 자주 연락하지 못해도 서운해 하지 않고, 오히려 뒤에서 말없이 기도해주는 사람.

내 속을 하나에서 열까지 다 드러내지 않아도, 짐짓 헤아려

너그러이 이해해주는 사람.

욕심 없이 사심 없이 순수한 마음으로 상대가 잘되기를 바라는 사람.

진심으로 충고해주면 진심으로 고마워하고 자신을 돌아볼 줄 아는 사람.

어딘가 꼬여서 항상 부정적인 사람보다 매사에 감사하고 긍정적인 사람.

열 마디의 말보다 한 마디의 침묵에도 내 속을 알아주는 사람.

양은냄비처럼 빨리 끓진 않아도 뚝배기처럼 느리고 더디게 끓어도 한 번 끓은 마음은 쉽사리 변치 않는 사람.

스스로 교만하지 않고 남이 나를 인정할 때까지 묵묵히 기다릴 줄 아는 여유를 지닌 사람

사람을 물질로 판단하지 아니하고, 사람의 마음을 더 중시하는 사람.

몸과 마음에 진솔함이 자연스레 묻어, 내면의 향기가 저절로 배어나오는 사람.

진정한 인간의 가치가 무엇인지 알고, 어떠한 외부의 유혹에도 흔들림 없이 꿋꿋이 자신을 지키는 사람.

어떠한 세상 풍파와 사람 풍파에도 쉬 요동치지 않고, 늘 변함없고 한결같은 사람.

그래서 처음보다 알면 알수록 더 편한 사람.

언제나 이런 사람 향취 나는 사람이 그리워지는구려.

포기하면 안 되지

이따금 일이 잘 풀리지 않을 때,
험한 비탈을 힘겹게 올라갈 때,
주머니는 텅 비었는데 갚을 곳은 많을 때,
웃고 싶지만 한숨지어야 할 때,
주변의 관심이 되레 부담스러울 때,
필요하다면 쉬어가야지.
하지만 포기하면 안 되지.

인생은 우여곡절 굴곡도 많은 법.
사람이라면 누구나 깨닫는 바이지만,
수많은 실패들도 나중에 알고 보면
계속 노력했더라면 이루었을 일.

그러니 포기는 말아야지.
비록 지금은 느리지만,
한 번 더 노력하면 성공할지 뉘 알까.

성공은 실패와 안팎의 차이.

의심의 구름 가장자리에 빛나는 희망.

목표가 얼마나 가까워졌는지는 아무도 모를 일.

생각보다 훨씬 가까울지도 모르지.

그러니 얻어맞더라도 싸움을 계속해야지.

일이 안 풀리는 시기야말로 포기하면 안 되는 때.

—에드거 앨버트 게스트

만일 인생이 예측가능하다면 그것은 더 이상 인생이 아니다.
그리고 그것은 풍미도 없다.
-엘레노어 루즈벨트

유머는 코끼리도 물구나무 서게 한다

제1판 1쇄 인쇄 | 2014.　5.　1
제1판 1쇄 발행 | 2014.　5.　2

지은이 | 서영교
감수자 | 김　생
펴낸이 | 박대용
펴낸곳 | 징검다리

주소 | 413-834 경기도 파주시 산남동 292-8
E-mail | zinggumdari@hanmail.net
출판등록 | 제 10-1574호
등록일자 | 1998년 4월 3일